筑摩書房様へ公開質問状
「賢治年譜」等に異議あり

鈴木 守

目次

現定説〝⊗〟とは、大正15年12月2日についての次の記載内容を指す。

一二月二日(木)　セロを持ち上京するため花巻駅へゆく。みぞれの降る寒い日で、教え子の高橋（のち沢里と改姓）武治がひとり見送る。「今度はおれもしんけんだ、とにかくおれはやる。君もヴァイオリンを勉強していてくれ」といい、「風邪をひくといけないからもう帰ってくれ、おれはもう一人でいいのだ」と言ったが高橋は離れ難く冷たい腰かけによりそっていた。……⊗

〈『新校本年譜』325p ～〉

序章　門外漢で非専門家ですが

私は、賢治好きの友人の影響もあって、中学生の頃は既に賢治が大好きになっていた。そこで、賢治のことも賢治作品も実はよく分かっていなかったのだが、若い頃の私は、尊敬する人物は誰ですかと問われれば、

微分的で破滅的な生き方をした啄木と違って、積分的で求道的な生き方をした、貧しい農民のために献身したストイックな賢治です。

などと、粋がって答えていたものだった。

ところが、今から約半世紀以上も前の学生時代のことになるのだが、恩師の岩田純蔵教授が私たちを前にして、

賢治はあまりにも聖人・君子化され過ぎてしまって、実は私はいろいろなことを知っているのだがそのようなことはおいそれとは喋れなくなってしまった。

という意味のことを嘆いたことがある。

そこで私は、尊敬している人物は賢治であり、しかも岩田教授は実は賢治の甥(賢治の妹シゲの長男)だったからなおのこと、恩師のその嘆きがずっと気になっていた。とはいえ、学生時代はもちろんのこと、仕事に就いた後も私にはそのようなことを調べるための時間的余裕はなかった。

それが十数年前に定年となって、気になっていた恩師の嘆きに関して調べようと思えばそのための時間を持てるようになった。そこでまずは、そもそも恩師が嘆いていた中身とは具体的にはどんなものだったのだろうかと思いながら、それに関連することが載っていそうな資料等を渉猟《しょうりょう》してみた。ところが、ずばりそのことを示すものは何も見つからなかった。

しかしこのことを通じて、私は文学については門外漢であって、賢治に関しては非専門家ではあるが、現「賢治年譜」等の中にはあまりにもおかしいことが少なからずあるということをそれほど苦労もせずに知った。そして、実際に検証してみるとそれらの殆どはやはり皆おかしかった。

一方で、私はとんでもないパンドラの箱を開けてしまったのだということも覚った。それは、従来の通説や定説に対しての反例がいくつか見つかったから、もはやそれらは棄却されるべきものだからだ。しかも、それらの中には看過できない人権問題等も絡んでいるものさえもあった。

そう思っていたところに今度は、「倒産直前の筑摩書房は腐りきっていました」ということを筑摩書房の社史で知ったので、私はもう見て見ぬ振りはできない。そこで、これらのことに関わる問題点を本書によって訴えてゆくことにした。

とはいえ、老いぼれの私のこの試みはまさにドンキホーテが一本の槍で風車に立ち向かうようなものであり、たちまち風車に吹き飛ばされるであろう。がしかし、やはりおかしいことはおかしいと言わねばならない。さもないと、「あなたには勇気や正義の欠片さえもないのか」と賢治から叱られそうだからだ。そしてそうすることが、賢治の甥である恩師からの最終ミッションだと思えてきたからでもある。そしてなによりも、必ずや賢治研究のさらなる発展に繋がるはずだ、という確信が増してきているからである。

第一章　「絶版回収事件」と「252c等の公開」

一　はじめに

なぜだったのだろうか、筑摩書房（以後、筑摩と略称）ともあろう出版社がこのようなことを昭和52年にしてしまったのは。文学全集や個人全集等を出版し続け、良心的で硬派の出版社だと思っていた筑摩が、「賢治の書簡下書252c」のことを「新発見」と称して、プライバシー侵害の虞もある関連下書群を公けにしたのは。しかも、これらの下書群を確と検証することもなしに推定し、さらにそれを基にして推定を繰り返した、人権侵害等の虞もある推定群を公開（以下、この関連下書群の公開のことを「252c 等の公開」と略記）したのは。ここ十年ほど、私はこれらの原因や理由が分からず、ずっと悩み続けてきた。

それがこのコロナ禍、倒産のニュースが流れることが多かったせいか、とある日、「あれっ、そういえば、あの頃筑摩も倒産したような気がする」というおぼろげな記憶が甦った。すかさず、もしかするとそれが一つの大きな原因だったのではなかろうかと直感し、一気に不安になった。

二　「倒産直前の筑摩書房は腐りきっていました」

早速、インターネット上で少しく調べてみたならば、どうやらそのようなことがあったらしいので、筑摩の社史であるという『筑摩書房　それからの四十年』（永江朗著、筑摩書房）を注文した。手元に届いた同書を、私は慌ただしく瞥見した。

不安は的中した。

一九七八（昭和五三）年に筑摩書房が「倒産」したとき（一）

…筆者略…

とあり、やはりあの頃（昭和53年）筑摩はたしかに「倒産」していたからだ。そこで今度は落ち着いて同書を読み直してみた。すると、次のような、

一九七〇年代の筑摩書房は、目先の現金ほしさに紙型新刊を乱発するなど、必ずしも「良心的出版社」とはいいがたい実態があったし（二）、

とか、

倒産直前の筑摩書房は腐りきっていました。なかでも許しがたいのは「紙型再版」です。つまり、同じコンテンツの使い回し。紙型＝印刷するときの元版を再利用して、あたかも新しい本であるかのように見せかけ、読者に売りつけようとしました。新世紀に入ると、食品偽装事件があちこちで発覚しましたが、紙型再版も似たようなものです（三）。

という記述があったので私は愕然とした。

それはもちろん、「「良心的出版社」とはいいがたい実態があ

った」とか、「倒産直前の筑摩書房は腐りきっていました」などということを、自社の社史に直截的に書いていたからだ。ただし次に、これらの断定的記述は筑摩ならではの厳しい自戒の念と矜持が書かしめたのだろうということも想像できたので、心はやや落ち着いた。とはいえ、この記述内容は事実であり、これ程までだったのかと、ますます不安も募ってしまった。なお、出版社の内情を知らない私には、「紙型新刊を乱発」とか「紙型再版」とかが「腐りきっていた」ことの事例であるということまでは理解できず、戸惑う点もあった。

三　「初めての絶版回収事件」

さらに同書には、「初めての絶版回収事件」という項もあった。これはとんでもないことだと直ぐ分かった。表現の自由が尊重される今の時代、「絶版回収」ということは滅多にないはずだからである。そして、これが「腐りきって」いた事例なのかなと直感した。それは、この事件が昭和52年に、まさにその「倒産直前」に起こっていたというからでもある。ちなみに、同項には次のようなことが述べられていた。

一九七七（昭和五二）年、筑摩書房にとって初めての絶版回収事件が起きる。臼井吉見の長編小説『事故のてんまつ』である。この小説は『展望』の一九七七年五月号（四月刊）に掲載され、五月末に単行本として刊行された。

作品は、川端康成の自殺を題材にしたモデル小説である。川端康成は一九六八（昭和四三）年に日本人初のノーベル文学賞を受賞したが、七二（昭和四七）年に自殺した。…筆者略…『事故のてんまつ』では、その動機についての臼井の考察が展開されている。

しかし、小説の発表直後に、川端康成の遺族から刊行停止が求められ、東京地方裁判所に出版差し止めの仮処分申請が出された。筑摩書房は遺族側と話し合い、『事故のてんまつ』の絶版を決めた。取次や書店に残っている本は回収し、在庫は廃棄処分とした。これを受けて遺族側は申請を取り下げた。

この件には、ふたつの問題点があった。ひとつは、故人のプライバシー権に関する問題であり、出版差し止め要求で全面に出たのはこれだった。もうひとつは、部落差別に関わる問題だった。[四]

さて、昭和52年に「絶版回収」されたのであれば、それから40年以上も経ってしまった今、『事故のてんまつ』の入手は困難かとなと思った。実際、それが載った『展望』の昭和52年5月号は入手できなかった。ところが、単行本の方は容易に入手できた。そして実際に同書を読んでみたならば、故人のプライバシー権や名誉毀損、そして差別問題に対する臼井の認識の不足が読み取れたので、これでは川端康成の遺族も憤りを感じたであろうことは私にも想像できた。しかしこの内容であれば、遺族から出版差し止めの仮処分申請が出されるということまでは……と多少違和感もあった。

そこで、改めて同書を見直してみたならば、臼井はその「あとがき」の中で、

　本にするに当たっては、いたらなかった点に、朱筆を加えた。このことが、作品（五）をいっそうひきしめることにもなると考えたからである。

と述べていた。ということは、『展望』掲載版を単行本化する際に、臼井が大幅に書き変えた箇所があったに違いないと推測できた。

　そのことを確認したかったので関連図書等を探してみたならば、〝「事故のてんまつ」――『展望』五月号と単行本の異同一覧（六）〟という「疏明《そめい》資料」が見つかったので、「朱筆を加えた」箇所等が詳らかになった。ちなみに、それらは15項目ほどあり、これらが「いたらなかった点」であると臼井が認識していた事項ということになるのだろう。そしてそれらの中でも際立っていたのが、単行本においては完全削除されたという、『展望』5月号には載っていた野間宏と安岡章太郎の対談に関する次の部分である。

野間　……解放運動が水平社以来の中で、どういう成果を生んできたかというと、現在差別はなくなったと考える人が出るほど大きい成果を生んでいる。

　しかし、差別はきびしくあって、差別語さえ使わなければいいというところにとどまっている。だから、就職の差別も、いぜんとしてある。

　……（以下の部分は、川端康成の名誉等に関わることも書かれているから、筆者略）……

安岡　おかしいね。

対談のなりゆきから察すると、先生が部落とつながりがあるとしか思えない。どう読みかえしても、そうとしか、とりようがない。対談者の間に、暗黙のうち、その了解が通じているらしい話しぶりだ（七）。

　というのは、この「削除部分」の内容を読んだだけでも、臼井が故人となった川端の名誉を毀損し、差別を助長しているということが私にもほぼ分かったからだ。となれば、『展望』に掲載された改稿以前の『事故のてんまつ』を読んだ川端家の遺族が不快感を抱いたのはなおさらのことであったであろう。

　そして、単行本版『事故のてんまつ』を読んで気になっていたことの一つに「資料」もある。それは、同書の「あとがき」の中で、「川端さんの自殺のひきがねになったと思われる資料を入手した」とか「この資料を闇に葬り去るべきでない」と臼井が言うところの「資料」（傍点は筆者）のことである。実は、『事故のてんまつ』を読んでいて、同書に登場する「客観的な事実」の信憑性がどうも危ういのではなかろうかと私は危惧したのだが、それは臼井が言うところのこの「資料」のせいではなかろうかと感じたからだ。

そしてこのことに関しては、『証言「事故のてんまつ」』（武田勝彦＋永澤吉晃編、講談社）の中に、次のような長谷川泉の主張が載っていることを知った。

（一）作品の素材と作品形成の過程

「事故のてんまつ」の素材となったのは「鹿沢縫子」の原話である。しかもこの原話は、川端家→「鹿沢縫子」→養父→「蔦屋」→臼井氏という伝達の経路を辿っている。臼井氏は「蔦屋」から取材したのであって、「当事者たる川端家の人間たちとモデルの女性」から直接取材したり、情報の提供を受けたものではない。（八）

やはりそういうことだったのかと合点がいった。臼井が言う「資料」とは長谷川の言うこの「原話」のことかと、腑に落ちたからだ。よって、この「資料」とは、伝聞の伝聞そのまた伝聞（川端家→「鹿沢縫子」→養父→「蔦屋」→臼井氏というルートを辿っている）「鹿沢縫子」の原話にすぎないということが否定できず、そのせいで私は信憑性が危ういと感じたようだ。というわけで、臼井の言う「資料」は事実に基づいたものであるという保証はないし、検証されたものでもない。まして、一次資料でもない。そしてそのような「資料」を、

「事故のてんまつ」が部落問題を安易に作品の肉づけに用いた軽率さは、井上靖氏や安岡章太郎氏らの警告にもかかわらず、しだいに社会問題化した。…筆者略…臼井氏が「資料」を五年間暖めた最大の理由がマスコミ界の「モデルさがし」を恐れるところにあったことが述べられているが、そこには差別問題に対する認識の浅薄さと配慮の不足が露呈されている。（九）

と、長谷川は指摘していて、私はそのことを肯わざるを得ない。

しかも、この事件についての「総括見解」である〃「事故のてんまつ」をめぐっての報告と御挨拶〃が、『展望』（昭和52年10月号）に掲載され、その中で、

たとえば作品にかかわる差別の問題について顧みるとき、出版者としての私どもの配慮が十分に行きとどかず、差別打破のための強く明確な場所に立っていたとは必ずしも申しがたい点がありましたことも、痛切な反省とともに、さらに認識を深めつつあるところであります。（十）

というように、「差別の問題について顧みるとき、出版者としての私どもの配慮が十分に行きとどかず」と、「株式会社　筑摩書房」の名で「痛切な反省」をしているから、なおさらにである。

そして、先に引いたように、「小説の発表直後に、川端康成の遺族から刊行停止が求められ、……筑摩書房は遺族側と話し合い、『事故のてんまつ』の絶版を決めた」ということで、昭和52年8月16日に和解が成立したのだそうだ。ちなみに、

その際の「和解条項」の中には、川端の遺族およびモデル側に「ご迷惑をお掛けしたことをお詫び致します」という臼井の謝罪もある。

ただし、『筑摩書房　それからの四十年』によれば、

> この事件は新聞等でもセンセーショナルに報じられ、結果的に『事故のてんまつ』が三五万部のベストセラーとなったのは、なんとも皮肉なことというべきである。売上率はかぎりなく一〇〇％に近かった。
> これまで筑摩書房がもっていた売り上げ部数の記録は、正確な統計が残っているかぎりで、山崎朋子（十一）『サンダカン八番娼館』（一九七二年）の三〇万部だった。

ということだから、実質的には「絶版回収」とは言い難い気がして、私からすればあまり後味はよくない。

畢竟《ひっきょう》するに、最初は、先に述べたように私は、「「初めての絶版回収事件」という項もあった。……「腐りきって」いた事例なのかなと直感した」のだが、それは直感ではなくて、どうやら、『事故のてんまつ』の出版は「腐りきっていた」ことの一つの事例そのものであったと私は判断せざるを得なくなった。

四　「新発見の書簡 252c」等の公開

さて、奇しくもその同じ昭和52年に筑摩から出版されたものとして『校本宮澤賢治全集第十四巻』もある。

一般的には、同巻のメインは「宮澤賢治年譜」であるはずだが、巻頭に「補遺」があるので私には唐突さが感じられ、以前から訝っていた。そしてこの度、その頃既に筑摩は経営が傾いてきていたということを知ってしまった私には、このような構成は、筑摩としてはこの「補遺」によって世間の注目を浴び、経営危機に陥っていた同社を建て直そうと考えたからだということが否定できないという見方が（十二）、脳裡をよぎった。それは特に、その「補遺」の中で、「新発見の書簡 252c」とセンセーショナルに表現して、関連する賢治の書簡下書群を公にしたことからも窺えた。

しかしながら、このことに関しては、同巻の「宮澤賢治年譜」担当者でもある堀尾青史が、

> 今回は高瀬露さん宛ての手紙が出ました。ご当人が生きていられた間はご迷惑がかかるかもしれないということもありましたが、もう亡くなられたのでね。（十三）

と語り、天沢退二郎も、

> 高瀬露あての 252a、252b、252c の三通および 252c の下書とみられるもの十五点は、校本全集第十四巻で初めて活字化された。これは、高瀬の存命中その私的事情を慮って公表を憚られていたものである。（十四）

と述べているから、どうも「新発見」とは言い難い。これでは、露が亡くなるのを待って公表した、ということをはしなくも

吐露しているようにも見える。

　しかも同巻は、一般人である女性「高瀬露」の実名を顕わに用いて、「（252c[十五]は）内容的に高瀬あてであることが判然としている」と公に断定した。その客観的な典拠も明示せずに、全く論理的でもなく、である。そのあげく、「推定は困難であるが、この頃の高瀬との書簡の往復をたどると、次のようにでもなろうか」と前置きして、「困難」なはずのものにも拘わらず、

⑴、高瀬より来信（高瀬が法華を信仰していること、賢治に会いたいこと、を伝える）

⑵、本書簡（252a）（法華信仰の貫徹を望むとともに、病気で会えないといい、「一人一人について特別な愛というやうなものは持ちませんし持ちたくもありません。」として、愛を断念するようほのめかす。ただし、「すっかり治って物もはき〳〵云へるやうになりましたらお目にかゝります。」とも書く）

⑶、高瀬より来信（南部という人の紹介で、高瀬に結婚の話がもちあがっていること、高瀬としてはその相手は必ずしも望ましくないことを述べ、暗に賢治に対する想いが断ちきれないこと、望まぬ相手と結婚するよりは独身でいたいことをも告げる）

というように想像力豊かに推定し、スキャンダラスな表現も用いながら、以下、延々と推定を繰り返した推定群⑴〜⑺を同巻で公にした[十六]。

　そしてこの時期を境にして、それまでは一部にしか知られていなかった、賢治にまつわる〈悪女伝説〉が〈高瀬露悪女伝説〉に変身して、一気に全国に流布してしまったと言える。よって時系列的には、筑摩がそれを全国に流布させてしまったと世間から言われかねない。

　一方で、私はあることに気付く。それは『事故のてんまつ』の出版と〝「新発見の252c」等の公開〟の二つは次の点で酷似していて、

㈠　両者とも、「倒産直前の筑摩書房は腐りきっていました」という、まさに倒産直前の昭和52年になされたことである。

㈡　両者とも、当事者である川端康成（昭和47年没）、高瀬露（昭和45年没）が亡くなってから、程なくしてなされたことである。

㈢　その基になったのは、ともに事実ではない。前者の場合は「伝聞の伝聞そのまた伝聞」である「鹿沢縫子」の原話であり、後者の場合は賢治の書簡下書（所詮手紙の反故であり、相手に届いた書簡そのものではない）を元にして、推定困難なと言いながらも、それを繰り返した推定群⑴〜⑺である。

㈣　ともに、故人のプライバシーの侵害・名誉毀損と差別問題がある。

㈤　ともに、スキャンダラスな書き方もなされている。

ので、この二つはほぼ同じ構図にあるということに気付く。

ということは、『事故のてんまつ』の出版は「腐りきって」いたことの一つの事例そのものであったと私は判断せざるを得なくなった、と先に述べたが、これと酷似した構図がこちらにもあったから、〝「新発見の252c」等の公開〟もまた、一つの「腐りきって」いた事例であったと私は判断せざるを得ない。

ところで、この「新発見の252c」等の一連の書簡下書群に対して矢幡洋は、

> 時折、高圧的な賢治が姿をみせる。…筆者略…と露骨な命令口調で言う。
> 露宛の下書き書簡群から伝わってくるものは、背筋がひんやりしてくるような冷酷さである。ここにおける、一点張りの拒否と無配慮とは、賢治の手紙の大半の折り目正しさと比べると、かつての嘉内宛のみずからをさらけ出した書簡群と共に、異様さにおいて際立っている。(十七)

と論じていることを私は知った。実は賢治には（ただしこの引用文中の「露」は高瀬露であるとは言い切れないので、あくまでも「ある女性に対して賢治には」、という意味でなのだが）、「背筋がひんやりしてくるような冷酷さ」があるということなどを矢幡は指摘していたのだった。そこで私は、このようなことを指摘している研究者を初めて知って、目を醒まさせられた。

振り返ってみれば、かなり以前から、これらの書簡下書群に基づけば賢治にはそのような性向があることが導かれることに私は薄々気付いていた。だが、実はかなりのバイアスが私には掛かっていて、これらの書簡下書群に基づいて賢治に対してこのような厳しい言い方を公にすることは許されないのだ、という自己規制が強く働いていたことを覚った。そしてこのバイアスは、女性に対しては厳しく、男性（賢治）に対しては甘く解釈するという男女差別がなさしめるそれでもあるということにも気付かせてもらった。心理学の専門家である矢幡の、この書簡下書群についての冷静で客観的なこの考察に私は反論できなかった。

のみならず、このような「冷酷さ」は、たしかにあの〔聖女のさましてちかづけるもの〕にもあることを同時に覚れた。というのは、次のようなことが言えるからである。

この〔聖女のさましてちかづけるもの〕は、『雨ニモマケズ手帳』に書かれているので、実際文字に起こしてみると次のようになる。

10・24◎
聖女のさまして
われはちかぢき
づけるもの
たくらみ
悪念すべてならずとて
いまわが像に釘うつとも
純に弟子の礼とりて

乞ひて弟子の礼と~~りせ~~
　　　れる
いま名の故に足をもて
~~わが墓に~~
われに土をば送るとも
~~あゝみそなはせ~~
わがとり来しは
~~わがとりこしやまひ~~
~~やまひとつかれは~~
　　~~死はさもあれや~~
たゞひとすじの
　　~~まの~~みち~~なり~~
　　　なれや

〈『校本宮澤賢治全集資料第五（復元版宮澤賢治手帳）』（筑摩書房）〉

よって、書いては消し、消しては書きと何度も書き直しているところからは賢治の葛藤や苛立ちが窺える。また、内容的にも然りである。その人を「乞ひて弟子」となったと見下ろしたり、「足をもて／われに土をば送るとも」というように被害妄想的なところもある。一方、自分のことは「たゞひとすじのみち」を歩んできたと高みに置いて、女性のことを当て擦っているところもあったりする。よって、この詩から浮き彫りになってくる賢治は、私の持っていた従来のイメージとは真逆である。まさに、佐藤勝治が「彼の全文章の中に、このようなまなましい憤怒の文字はどこにもない」（『四次元44』（宮沢賢治友の会）10p～）と表現しているとおりだ。

さらに、「あゝみそなはせ」とあることからは逆に、賢治はこの相手の女性のことを以前はかなり評価していたということも言えそうだが、そのような女性に対して「悪念」という言葉を賢治が使おうとしたことを知ると、賢治の従来のイメージからはさらに離れていく。

まさに、矢幡が指摘しているような「冷酷」さがこの〔聖女のさましてちかづけるもの〕にもあることを私は覚れたのである。となれば、賢治のこの性向はもはや否定できない。

言い方を変えれば、「252c等の公開」は、賢治に対しても取り返しの付かないことをしてしまったとも言える。というのは、有名人とは雖も、当然賢治にもプライバシー権等があるはずだ。にもかかわらず、その配慮も不十分なままに、同第十四巻が私的書簡下書群を安易に世間に晒してしまったことにより、賢治には従来のイメージを覆す、背筋がぞっとするような冷酷さもあったということを、結果的に世に知らしめてしまったと言えるからである。

五　とんでもない悪女であるという濡れ衣

さて、『事故のてんまつ』の出版に関わる故人の名誉毀損と差別問題については出版差し止めの仮処分申請が出され、筑摩と遺族側との話し合いの結果、絶版回収ということで和解したし、筑摩は「総括見解」も公にして詫びた。

一方、これと同じ構図にあった〝「新発見の 252c 」等の公開〟の方はどうであったかというと、その公開後、〈高瀬露悪女伝説〉が全国に流布してしまったと言える。のみならず、賢治に関して実績のある筑摩が活字にしてしまったからなおのことであろう、件《くだん》の推定群⑴〜⑺は独り歩きしてしまって「事実」となった。その結果、その「事実」に基づいて少なからぬ賢治研究家が、露をとんでもない悪女であるとした論考等を著している実態がある。不公平で極めて残念なことだ。

ただし、件《くだん》の「新発見の252c」とか、「判然としている」とかの客観的な典拠がいくら調べても見つからなかったことなどから逆に示唆されて、この〈露悪女伝説〉を検証してみる必要があると判断した。そしてその検証等の結果、露は賢治から感謝されることこそあれ、露が悪女であったことを裏付けるものは何もないことが分かったから、この〈悪女伝説〉は創られたものであるということを実証できた。そこで、露は悪女の濡れ衣を着せられたということがはっきりしたので、私たちは、『宮沢賢治と高瀬露—露は〈聖女〉だった—』（森義真、上田哲、鈴木守共著、ツーワンライフ出版）においてそのことを公にした。

なお、〈聖女のさましてちかづけるもの〉のモデルが高瀬露だから露は悪女だと主張する人も中にはいるが、その有力なモデルは他におり、それが露であることの蓋然性は限りなくゼロに近いということを始めとして、露が悪女であることの客観的な根拠は何一つないということを私は実証できたので、露は悪女とは言えないということを『本統の賢治と本当の露』（鈴木守著、ツーワンライフ社）』でも公にした。

ところが、なぜ「新発見の252c」とし、はたまた、「判然としている」と断定できたのかというその客観的な典拠を筑摩は我々読者に相変わらず明示してくれない。したがって現段階では、〃「新発見の252c」等の公開〃は結果的に露に「とんでもない悪女である」という濡れ衣を着せてしまった、と私は言わざるを得ない。

六　おわりに

一方でこの「252c等の公開」によって、賢治には従来のイメージとは正反対の、「背筋がひんやりしてくるような冷酷さ」があった、ということも実は公開されてしまったと言える。しかもこのことは、今となっては覆水盆に返らずだ。だから私は、この上、「恩を仇で返す」ような賢治であってはほしくない。

というのは、巷間、露はとんでもない悪女だとされ続けているわけだから、この実態が続けば、賢治が生前血縁以外の女性の中で最も世話になったのが露であったというのに、賢治は露に対して「恩を仇で返した」と歴史から裁かれかねないからだ。しかし、この悪女が濡れ衣であったならば、賢治は露に対して「恩を仇で返した」、と誹られることは避けられるし、しかもそれは濡れ衣であったということを私たちは実証できているから、賢治と露のために筑摩に問う。

せめて、なぜ「新発見の252c」と、はたまた、「判然としている」と断定できたのかという、我々読者が納得できるそれらの典拠を情報開示していただけないか、と。願わくば、『事故のてんまつ』の場合と同様に、「252c等の公開」

についても「総括見解」を公にしていただけないか、と。

そしてそもそも、このような実態は理不尽なことかもしれないということに普通は気付くはずだから、それを看過してきたのは一出版社のみの責任ではなく、私たちにも少なからずある。だから今、「あなたたちも看過してきました。とりわけこれは他ならぬ重大な人権問題です。研究者としての矜持は一体どこへ行ったのですか」、と賢治から厳しく問われているのかもしれない。

〈注〉

（一）『筑摩書房　それからの四十年』（永江朗著、筑摩書房）八五頁～

（二）　同　一四六頁

（三）　同　三四八頁～

（四）　同　一〇九頁～

（五）『事故のてんまつ』（臼井吉見著、筑摩書房）二〇四頁

（六）『証言「事故のてんまつ」』（武田勝彦＋永澤吉晃編、講談社）一〇七頁～

（七）　同　一一〇頁～

（八）　同　十一頁

（九）　同　十七頁

（十）『筑摩書房　それからの四十年』（永江朗著、筑摩書房）一一四頁～

（十一）　同　一一七頁

（十二）『校本宮澤賢治全集第十四巻』（筑摩書房）二八頁

〈注〉

（十三）『國文學　第23巻2号　2月号』（學燈社、昭和53年）一七七頁

（十四）『新修　宮沢賢治全集　第十六巻』（筑摩書房）四一五頁

（十五）『校本宮澤賢治全集第十四巻』（筑摩書房）三十四頁

（十六）　同　二八頁～

（十七）『**【賢治】**の心理学』（矢幡洋著、彩流社）一五四頁～

なお、この〝第一章　「絶版回収事件」と「252c等の公開」〟は、二〇二二年の第74回岩手芸術祭『県民文芸作品集』の文芸評論部門に応募した作品、〝賢治と露のために問う──「絶版回収事件」と「252c等の公開」──〟を基にして、多少加筆したものである。

第二章　賢治の「稲作と石灰」について

一　はじめに

私は『みちのくの山野草』というブログを開設している。その中で、ここ暫くコンスタントに閲覧数の多いのが次頁に載せた、「稲の最適土壌は中性でも、ましてアルカリ性でもない」というタイトルの投稿（平成二九年一月七日）に対してである。

ちなみに、その内容の概略は次のようなものだ。

かつて満蒙開拓青少年義勇軍の一員であった、滝沢市在住の工藤留義氏から、「稲は酸性に耐性がある」と私は教わった（平成二八年九月七日）。

そこで、早速農林水産省のHPを見てみたところ、「3　土壌のpHと作物の生育　3-1　作物別最適pH領域一覧」という表が載っていて、

イネ：最適pH領域は5.5～6.5　弱～微酸性の広い領域で生育

となっていた。

さて、一体なに故にこの投稿に対しては閲覧数が多いのだろうか。

二　知らないのは私たちだけ？

私自身は、この「稲は酸性に耐性がある」ということを教わった瞬間、ショックだった。それまではこんなことを夢にも思ったことなどなかったからだ。そして次に、先の表「3」を眺めながら改めてショックに襲われた。同表には、pH7より大きな値が最適土壌である作物など何一つ載っていないということにも驚いたが、それよりもなによりも、「稲は酸性に耐性がある」がやはり正しいのだということを思い知らされたからだ。というよりは、より精確には、

稲の最適土壌は中性でも、ましてアルカリ性でもなく、稲の最適土壌は弱～微酸性（pH5.5～6.5）である。………①

が実は本当のことであったと知ったからである。

そこで私は、先の投稿に対しての閲覧数が多い大きな理由は、この投稿内容に対して私と同様なショックや戸惑いを感じている方が少なからずいるからに違いないと推察した。ついては、この投稿をした責任上、この件に関しての論考を書かねばならないのだと決意した。

さて、私はそれまでは、

東北砕石工場技師時代の宮澤賢治は、貧しい農民に炭酸石灰（石灰岩抹）を安くしかも豊富に供給し、それを田圃に撒くことによって酸えたる土壌を中性にし、稲の収量を増してやった。

と認識していた。というのは、特に真壁仁の「酸えたる土にそそぐもの[二]」を読んで、私なりに解釈してこうだったのだと納得していたからだった。そしてこの認識については、知人等に聞いてみても、東北砕石工場技師時代や羅須地人協会時代の賢治はそうであったと同様な認識をしている人が殆どだ

第二章　賢治の「稲作と石灰」について

〈「稲の最適土壌は中性でも、ましてアルカリ性でもない」（みちのくの山野草）〉

稲の最適土壌は中性でも、ましてアルカリ性でもない

2017-01-07 12:00:00 | 本当の賢治を知りたい

先に〝水稲用の土壌はアルカリ性であっては駄目〟において、かつて満蒙開拓青少年義勇軍の一人であった滝沢市のKT氏から、
稲は酸性に耐性がある。……①
という意味のことを教わった（平成28年9月7日）ということを投稿したのだが、この度農林水産省のHP
http://www.maff.go.jp/index.html
を見たところ、確かにそうであった。
具体的には、同HPにおいて、「キーワードで探す」の窓で
pH　作物
と入力して検索すると、
『3 土壌のpHと作物の生育　3-1 作物別最適pH領域一覧』
というタイトルの一覧表が現れる。
そこでその中の穀類や野菜について主なものを抽出してみると以下のような表になった。

《『3 土壌のpHと作物の生育　3-1 作物別最適pH領域一覧』（抜粋）》

pH領域	穀類等	野菜等
6.5 ～ 7.0 微酸性～中性領域で生育	アルファルファ サトウキビ ビート	エンドウ ホウレンソウ
6.0 ～ 6.5 微酸性領域で生育	アズキ オオムギ コムギ ダイズ タバコ トウモロコシ ハトムギ ライムギ レンゲ ホワイトクローバー等	インゲン エダマメ カボチャ キュウリ ササゲ スイカ ニラ ネギ ハクサイ ナス トマト サトイモ等
5.5 ～ 6.5 微～弱酸性の広い領域で生育	イネ エンバク ヒエ チモシー レッドクローバー等	キャベツ イチゴ ゴボウ ダイコン タマネギ ニンジン等
5.5 ～ 6.0 弱酸性領域で生育	ソバ オーチャードグラス等	サトイモ ニンニク ジャガイモ ラッキョウ等
5.0 ～ 5.5 酸性領域で生育	チャ	

〈農林水産省の HP より〉

そして、稲に適する土壌のpHについてはやはり、
〝pH5.5～6.5〟の土壌にすることが水稲にとっては最適なpHだった。……②
しかも、アルカリ性（つまりpH7以上）の欄はないから、
アルカリ性の土壌が最適である作物など一つもない。
と判断できる。

したがって、改めて
稲の最適土壌は中性でも、ましてアルカリ性でもない。
稲の最適土壌は、微～弱酸性（pH5.5～6.5）で、しかも広い領域で生育するのであった。
ということを再認識した。つまり、石灰やタンカルをむやみやたらに撒けばいいというものではなかったのだ。
まさに過ぎたるは及ばざるが如し。
である。

さて、そうすると心配になってくることは次のことであり、はたして当時の賢治は耕土のpHを計っていたのであろうか。そして、〝②〟ということを知っていたのだろうかということである。
どうも当時の賢治は、
水稲の場合も望ましい「耕土」は中性であり、ただし水稲は酸性の耐性もある、と認識していた。
と判断できそうだが、実は精確には
水稲の場合も望ましい「耕土」は中性（pH7）ではなく、水稲の最適なpHの値は〝pH5.5～6.5〟の範囲の値だった。また、水稲は酸性の耐性があるというよりは、微～弱酸性（pH5.5～6.5）であり、しかも広い領域で水稲は生育する。
であったのだ。

った。

　しかし実は、前掲の〝①〟が正しいということだから、稲にとって石灰（石灰岩抹）はむやみやたらに撒けばよいというものではなかったのだ。すると思い出すことは、高橋光一が伝える羅須地人協会時代の次のエピソード、

　　土地全體が酸性なので、中和のために一反歩に五、六十貫目石灰を入れた時には、これも氣に入らず、表土一面真っ白になった様子に、さも呆れて「いまに磐になるんぞ。」とか、「あれやぁ、龜ヶ森の會社に買収されたんだべ。あったな事すてるのは……。」とかさまざまでした。けれども私は負けませんでした。先生のおっしゃる事を信じていたからです（二）。

である。ところが、この高橋のように石灰を撒きすぎると、石灰には中和作用があるから稲の最適 pH 領域（5.5 ～ 6.5）を超えてしまうことが起こり得る。しかも、「先生のおっしゃる事を信じていたからです」の「先生」とは賢治のことを指す。となると、賢治はこの「本当のこと〝①〟」を高橋にはたして教えていたのだろうかとか、はたまた、そもそもこの事実〝①〟を賢治は知っていたのだろうか、という疑問と不安を私は抱いてしまった。

　そこで私は、北上市にある『農業科学博物館』を訪ね（令和二年三月二七日）て館員の方に、

　　多くの賢治研究家は、稲にとって最適土壌は中性だと思っているようです。ところが実は、それは弱酸性～微酸性、pH が 5.5 ～ 6.5 だと知ったのですが。

と問うたならば、

　　かつては皆さんはそう思っていたようですが、最近は、（農業関係者ならば皆）弱酸性～微酸性だということは知っておりますよ。

と教えてくれた。そこで、「もしかすると、知らないのは私たちだけ？」と心の内で思わず声を上げてしまった。そのようなことを指摘していた賢治研究家を私は誰一人見つけられずにいたからだ。続けて私は、

　　石灰は撒きすぎると田圃が固くなってよくない、とも聞くのですが。そして、実際にある篤農家に直接訊いてみたならば、「田圃に石灰を撒くことはかつても、今でもない」とも教わった（三）のですが。

と話したならば館員の方は、

　　そのとおり固くなります。やり過ぎはよくありません。田圃に石灰を施与する人はあまりいないと思いますよ。畑は別ですが。

ということも教えてくれた。

三　「石灰岩抹といわぬ日はなかった」

　ところで、賢治はなぜ石灰（石灰岩抹）に興味・関心を持つようになったのだろうか。このことに関しては、森荘已池が、

宮沢さんは三十年以上も前に、粒状の石灰岩抹を考えたのです。大学者に近い人で、このへんにざらにある農業指導者ではありません。…筆者略…当時花巻農学校の生徒などは、先生は石灰岩抹と耳にタコがよるほどいうといっていたものです(四)。

と紹介していた。また、実証的賢治研究家であった菊池忠二氏も「肥料展覧会と石灰工場の技師」という論考において、

当時の在校生たちは「カラスの鳴かない日はあっても、宮沢先生が石灰岩抹といわぬ日はなかった」と語っており、口の悪い生徒は「また先生の岩抹か」とさえ言うほどだったといわれている(五)。

と述べていたから、花巻農学校に勤めていた頃の賢治は、「石灰岩抹といわぬ日はなかった」という蓋然性が極めて高い。

また、菊池氏は続けて同論考において、大正十三年五月に行われた修学旅行の「復命書」に賢治は、「(石灰岩抹を)我が荒涼たる洪積不良土に施与し、草地に自らなるクローバーとチモシーの波を作り、耕地に油々漸々たる禾穀を成ぜん」と書いていると紹介し、「石灰岩抹の効果と、その施用についてつよい願望が記されている(六)」と菊池氏は評していた。そこで同復命書の内容を実際に見たところ、私は同氏のこの評に納得させられた。

一方で、昭和六年三月五日に盛岡高等農林時代の恩師関豊太郎博士から賢治に返信が届き、東北砕石工場の嘱託についての問合せに対して恩師は、

「引き受けるべからず」を棒線で消し、「小生の宿年の希望が実現しかゝったのを喜びます」と書かれていた(七)。

と対応したということは周知のとおりである。したがって、賢治が石灰岩抹に興味・関心を持つようになった下地は、高等農林時代に形成されたのであろう。そしてこのことに関しては、伊藤良治も同様な見方をしている(八)。

よってここまでのことなどから、

賢治は大正四年に盛岡高等農林に入学し、恩師関豊太郎から強い影響を受けて石灰岩抹に関心を持ち始めた。爾後《じご》、洪積不良土に石灰岩抹を施与することによって、酸えたる土壌の中和に努めようとしていた。

と判断してよさそうだ。

四　羅須地人協会時代の賢治の石灰岩抹施用

では次に、石灰岩抹施用に関しての賢治の実際の指導はどうであったか。そのことを知るために、いわゆる〔施肥表A〕〔一〕〜〔二三〕(九)の二十三枚について、石灰岩抹等の記載を拾ってみると、次頁の《表〔施肥表A〕〔一〕〜〔二三〕中の石灰岩抹の記載》のとおりだ。

よって、意外なことに、羅須地人協会時代の賢治は肥料設計の際にいつでも石灰岩抹を使っていたわけではなかったの

だった。

《表〔施肥表A〕〔一〕～〔二三〕中の石灰岩抹の記載》

〔一〕石灰岩抹（七貫）
〔二〕石灰岩抹　五貫
〔三〕記載なし
〔四〕記載なし
〔五〕記載なし
〔六〕記載なし
〔七〕石灰岩抹　四貫
〔八〕石灰岩抹　七貫
〔九〕記載なし
〔一〇〕記載なし
〔一一〕消石灰　五貫
〔一二〕石灰岩抹　五貫
〔一三〕石灰岩抹　五貫
〔一四〕石灰岩抹　十貫
〔一五〕記載なし
〔一六〕消石灰　十貫
〔一七〕記載なし
〔一八〕記載なし
〔一九〕記載なし
〔二〇〕記載なし
〔二一〕石灰岩抹　一貫
〔二二〕記載なし
〔二三〕記載なし

《『新校本宮澤賢治全集第十四巻　雑纂　本文篇』103p～》

ちなみに、このリストに従えば、石灰岩抹使用例は七件（〔一〕は括弧書きだから除いた）だから、7÷23≒0.30ということで、その実態は約三割の割合でしか石灰岩抹を使っていなかったと言える。はてさて、賢治は、石灰岩抹を使わなかったり、使用量もまちまちだったりしたのはなぜだったのだろうか。私は次第に不安になってきた。

　ところがその不安はある意味では、ある程度解消できた。実は、羅須地人協会時代に用いた資料『土壌要務一覧』の中で、賢治は、

　耕土ノ反応ハ中性ヲ望ム。洪積台地ハ、殆ド酸性デアル。…筆者略…尤モ水稲陸稲小麦蕎麦ハ酸性ニモ耐ヘル。（十）
……②

と書いていたことを私は知ったからである。なんと、「水稲陸稲小麦蕎麦ハ酸性ニモ耐ヘル」と書いているわけだから、賢治もまた「稲は酸性に耐性がある」と認識していたということになる。よって、稲の場合にはあえて石灰岩抹を施与する必要はないと判断していたので、「賢治は、石灰岩抹を使わなかったり、使用量もまちまちだったりした」ということは当然あり得ることだと、アイロニカルな感じもするが私なりには納得できたからだ。

　では次は、羅須地人協会時代に賢治が使った左図、

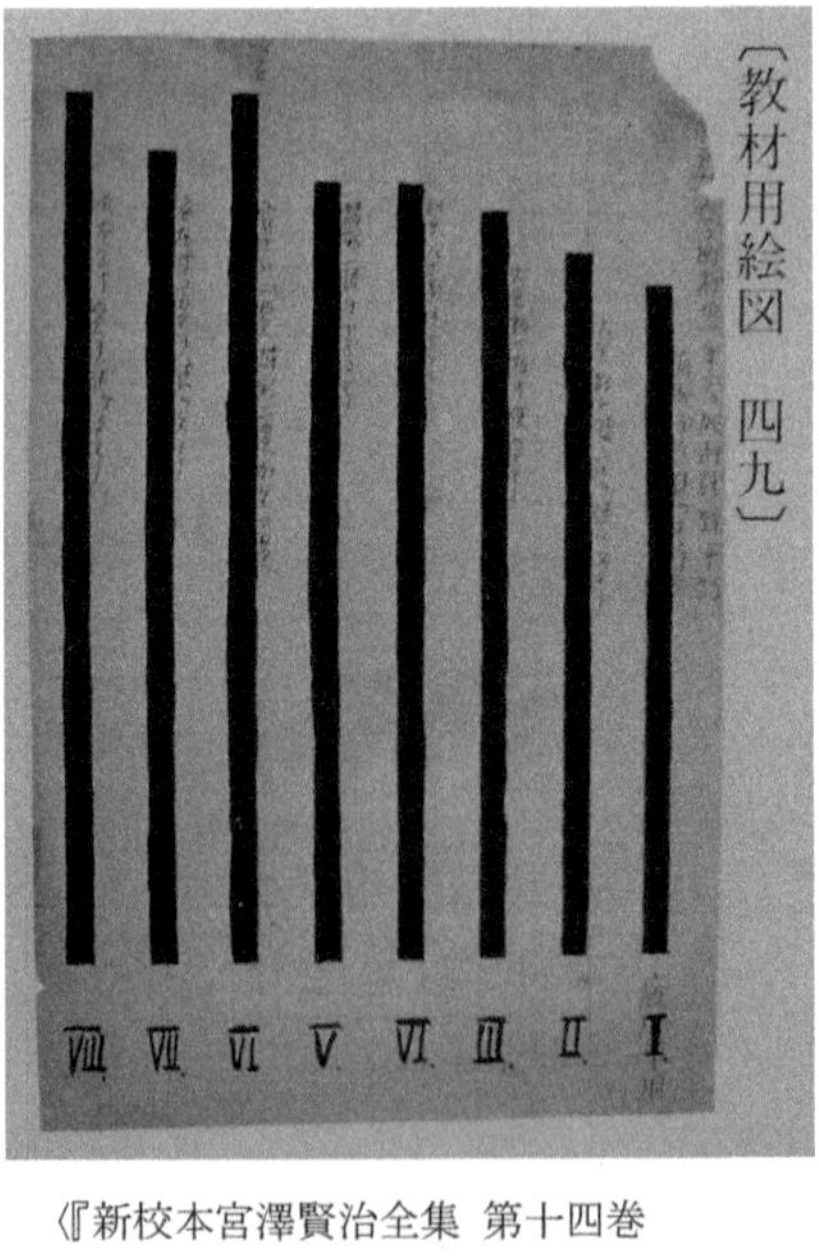

〈教材用絵図　四九〉

〈『新校本宮澤賢治全集 第十四巻 雑纂 本文篇』（筑摩書房）口絵 14p〉

の〔教材用絵図　四九〕からだが、この絵図の意味するところはあまりにも意外であり、驚くべきものだった。というのは、この棒グラフからは、

　Ⅰ区～Ⅵ区（賢治はⅣと書くべき箇所をⅥと書き間違えている）の中では、完全肥料区Ⅵ区が最も収量が多く、それに石灰を十五貫加えたⅦ区では稲の収量が減少し、石灰を三十貫加えたⅧ区でやっと完全肥料区と同程度の収量であった。

ということが導かれるからである。

　私はこのことを知って天と地がひっくり返った心地がした。なんと、石灰を加用するとかえって稲は減収したり、加用してもそうしない場合と収量が同程度だったりする、という予想だにしていなかった結論が導かれたからだ。

　しかも、『宮澤賢治科学の世界　教材絵図の研究』（筑摩書房）も、この棒グラフは、稗貫郡の十三ヶ町村のそれぞれの選定された圃場における四年間にわたる施肥標準試験結果を図示したものであることを紹介した上で、

　石灰加用区では、十五貫を加えた区Ⅶが反って減収となり、三十貫を加えた区Ⅷ（十二）で、漸く、完全肥料区Ⅵと同様な効果しか得られなかった。

というように、同様な指摘をしていた。

　しかしながら、私にはこのことがどうしても信じられない。そこで、やはり前掲の『農業科学博物館』を訪ねた際にこのことも館員の方に訊ねた。

　この棒グラフからは、

　　石灰を施与することはかえって害になるとか、せいぜい加えないことと同じだったということがある。

　　……③

ということが導かれると思うのですが。

と。すると館員の方は、

　この施肥標準試験結果が正しいかどうかについては不安ですが、〔教材用絵図　四九〕に従えばそのような理解の仕方はOKです。

と教えてくれた。

　そこで私はもう観念するしかなかった。この絵図に従えば、前掲の〝③〟はもはや疑いようがない結論なのだ、と。しかもこの絵図は賢治が作ったものだから、羅須地人協会時代の賢治がこの石灰施与のリスク〝③〟を知らなかったはずがない、と判断せざるを得ない（もし知らなかったならば、賢治の目は節穴だということになってしまうからだ）。

　しかしこうなると新たな問題が生ずる。それは、賢治の石灰岩抹施用の理論は不完全であり、賢治自身もそのことに気付いていたはずだという問題がである。言い方を変えれば、「賢治精神」を実践したといわれている松田甚次郎は、

　最近までは石灰の過用によつてかへつて種々の弊害を來してゐるやうな有樣であつた。過ぎたるは及ばざるが如しで、肥料にしても適量が大切であることはいふまで

もない。〈『續 土に叫ぶ』（松田甚次郎著、羽田書店、昭和十七年十二月）四四頁〉

ということを後に指摘しているし、一方で、あの二十三枚の施肥表も含めて、賢治自身が水稲の土壌の pH やその数値について言及していた資料等を私は未だ一つも見つけられずにいるから、当時の賢治の石灰岩抹施用の理論は定性的な段階に留まっていて、残念ながら定量的ではなかったので完全なものではなかったようだ、という問題がである。ちなみに、地元の著名な賢治研究家が、「賢治の言うとおりにやったならば稲が皆倒れてしまった、と語っている人も少なくない」ということを私に教えてくれたからなおさらにだ。

五　東北砕石工場技師時代のコンセプトの変更

さて、羅須地人協会時代以前の賢治の稲作経験は花巻農学校の先生になってからの約四年四か月間だけであり、豊富な実体験があったわけではない。となれば、羅須地人協会時代の賢治が、経験豊富な農民たちに対して指導できる稲作指導はおのずから限定的なものであり、食味もよくて、冷害にも稲熱病にも強いといわれて当時普及し始めていた陸羽一三二号を推奨することだったとならざるを得ないし、実際そうだった。おのずから、同品種はそもそも化学肥料(金肥)に対応して開発された品種だからそれには金肥が欠かせないので肥料設計までしてやる、というのが賢治の基本的な稲作指導法だったということになる。その当時はまだ、近隣の農家には金肥があまり普及していなかったからだ。

したがって、金肥を必要とするこの稲作法は、当時農家の六割前後を占めていたという小作農や自小作農、つまり多くの貧しい農家にとってはもともとふさわしいものではなかったということは当然である（実際、羅須地人協会員の伊藤忠一は、「私も肥料設計をしてもらったけれども、なにせその頃は化学肥料が高くて、わたしどもにはとても手が出なかった」と証言している[十二]）。

そしてまた、その金肥とは主に「窒素、燐酸、加里」の三要素のことであり、賢治の場合には、金肥の石灰はせいぜいその次であったであろう。そして実際にそうであったことは、前述した、同時代の施肥表では約三割の割合でしか石灰岩抹を使っていなかったという実態が裏付けている。

ところが、東北砕石工場技師時代になると賢治は施肥のコンセプトを従来のものから、石灰岩抹（炭酸石灰）中心のそれに変更した。というのは、同工場技師時代の宣伝広告「新肥料炭酸石灰」の中に、

> この不景気の、まつ最中に、値段の高い、金肥を殆んど使はずに、堆肥や、緑肥で充分の収穫を得る良い工夫がございます。それには、炭酸石灰を御使用下さい。炭酸石灰は、土壌中の窒素や燐酸や、加里などの分解を助けて、其の効能を促進して有効に働かせるからであります。然し、消石灰や生石灰では、強すぎて、土地を痩悪ならしめます。

炭酸石《ママ》（正しくは炭酸石灰：筆者注）の効果
一、直接には石灰の肥料
　これは植物の栄養素として是非なければならない肥料分であるからであります。
一、間接には窒素の肥料
　…筆者略…
一、間接には燐酸の肥料
　…筆者略…
一、間接には加里の肥料
　…筆者略…

というように書かれている[十三]からである。

つまり、羅須地人協会時代の賢治の肥料設計のコンセプトは先程述べたように、金肥の「窒素、燐酸、加里」が中心であったはずなのに、東北砕石工場技師時代のこの広告で推奨している金肥は炭酸石灰だけであり、しかも、炭酸石灰はオールマイティ、いいことずくめの肥料であると、この広告では謳っていることになるからである。

しからば、どうして羅須地人協会時代に賢治は石灰岩抹を中心にしたこの施肥法を強く奨めなかったのだろうか、という疑問が一方で当然湧く。

六　仮説の定立と検証

そこで私は、次の

〈仮説：賢治は、「稲の土壌の最適 pH 領域は 5.5 ～ 6.5 である」という事実を知らなかった。………④〉

を定立し、その検証をする必要があると覚悟した。

その定立の主な理由は三つ。まず一つ目は、先に述べたように、

　賢治はこの「本当のこと〝①〟」を高橋にはたして教えていたのだろうかとか、はたまた、そもそもこの事実を賢治は知っていたのだろうか、という疑問と不安を私は抱いてしまった。

からである。二つ目は、同様、

　賢治の石灰岩抹施用の理論は定性的な段階に留まっていて、残念ながら定量的ではなかったので完全なものではなかったようだ。

からである。

と述べたが、これである。そして残りの三つ目が、

　先の『土壌要務一覧』における記述〝②〟から、賢治は「稲は酸性に耐性はある」ものの、望ましいのはあくまでも中性であると認識していたということが導かれるが、この認識は「本当のこと〝①〟」とは相容れない。

からである。

そしてなによりも肝心なことは、ここまで調べて来た限りではこの仮説の反例は一つも見つからないから、この仮説は検証されたということである。従ってこの〈仮説④〉は、今後この仮説に対しての反例が見つからない限りはという、限定付きの「真実」となる。

しかしもちろん、もしこの〈仮説④〉が正しいとしても、賢治のことは責められない。それは、おそらく賢治が生きて

いた時代には、「稲の土壌の最適な pH 領域は 5.5 〜 6.5 である」という事実はまだ世間には知られていなかったと推定されるからである。いみじくも、花巻農学校で賢治の同僚だった阿部繁が、

科学とか技術とかいうものは、日進月歩で変わってきますし、宮沢さんも神様でもなし人間ですから、時代と技術を越えることはできません。宮沢賢治の農業というのは、その肥料の設計でも、まちがいもあったし失敗もありました。人間のやることですから、完全でないのがほんとうなので(十四)す。

と、後々当時のことを振り返っているが、この追想のようにである。

七　おわりに

以上が、宮澤賢治の「稲作と石灰」に関わるこの度の私の考察内容であり、畢竟《ひっきょう》するに、残念ながら、

東北砕石工場技師時代の賢治は、貧しい農民に炭酸石灰（石灰岩抹）を安くしかも豊富に供給し、それを田圃に撒くことによって酸えたる土壌を中性にし、稲の収量を増してやった、とは言えない。

ということになってしまった。言い換えれば、同工場技師時代の実態は、

炭酸石灰を大量に売り込むことができた先は、アルファなどの良質な牧草を必要とした小岩井農場や軍馬補充部等であり、一般の農家に対しては、稲作用としては殆ど売り込めず、せいぜい畑作用にであった。

ということになるのではなかろうか。

さりながら、このことは何も悲しむべきことばかりではないとも私は思っている。それは（ここから以降は、賢治の心の内に関わることなのであくまでも私の推察になるのだが）、同工場技師時代の賢治は自身の石灰岩抹施用の理論等についての葛藤や後ろめたさ、そして苦悩等があったと思われるからだ。

どういうことかというと、羅須地人協会時代に既に「稲は酸性に耐性がある」ということを賢治は知っており、石灰施与のリスク〝③〟も知っていたはずなのに、同工場技師時代になってからは、それらのことを等閑視せざるを得ないという現実、はては枉げたり話を盛ったりせざるを得ないという現実から賢治は逃れられなかったはずだ。つまり、羅須地人協会時代までは不羈《ふき》奔放に生きてきた賢治だったが、炭酸石灰を大々的に宣伝・販売するという商行為に携わるようになってからは売らんが為に、それは社会人であれば誰でも経験することではあると思うのだが、綺麗事だけでは済まなくなったはずだ。ちなみにその一例が、「オールマイティで、いいことずくめの炭酸石灰」の宣伝広告の作成だと私は思う。

となれば、かつて草野心平に対して、「一個のサイエンティストとしては認めていただきたいと思います(十五)」と伝えていた

という賢治のことだからとりわけ、「真実」を等閑視したり枉げたりすることが如何に辛かったことかということは、せめて「科学者の端くれ」でありたいと願っている私にはよく分かる。そこで逆に、このような苦悩等が賢治をして「雨ニモマケズ」を手帳に書かしめたのではなかろうか、ということをこの論考を書き終えつつある今、私は思い付いた。万やむを得ず、等閑視してしまったり枉げたりしたこともあった己を悔い、もう二度とそんな自分ではありたくないという想いから賢治はこれを書いたのではなかろうかと。だからこそこれを書いた時期が昭和六年の十一月、東北砕石工場技師時代の実質的な終焉の頃だったのだと、私は妙に腑に落ちた。それ故に、何も悲しむべきことばかりではないのだと諒解できたのだった。

〈注〉

(一)『イーハトーヴォ第二号』(宮澤賢治の会、昭和十四年十二月)所収。
(二)『宮澤賢治研究　宮澤賢治全集別巻』(草野心平編、筑摩書房、昭和四四年)二八五頁
(三)平成二九年十月五日、金ケ崎町の岩淵信男氏から聞き取り。
(四)『野の教師　宮沢賢治』(森荘已池著、昭和三十五年十一月)一八二頁～
(五)『私の賢治散歩　下巻』(菊池忠二著)二一五頁～
(六)『新校本宮澤賢治全集第十四巻　雑纂　本文篇』(筑摩書房)六六頁
(七)『新校本宮澤賢治全集　第十六巻　下　補遺・資料　年譜篇』四一九頁
(八)『宮澤賢治と東北砕石工場の人々』(伊藤良治著、国文社)一四〇頁
(九)『新校本宮澤賢治全集第十四巻　雑纂　本文篇』(筑摩書房)一〇三頁～
(十)同八四頁
(十一)『宮澤賢治科学の世界　教材絵図の研究』(高村毅一、宮城一男編、筑摩書房)九六頁
(十二)『私の賢治散歩　下巻』(菊池忠二著)三五頁
(十三)『新校本宮澤賢治全集第十四巻　雑纂本文篇』(筑摩書房)一六三頁～
(十四)『宮沢賢治の肖像』(森荘已池著、津軽書房)八二頁～
(十五)『詩人　草野心平の世界』(深澤忠孝著、ふくしま文庫)七六頁

〈注〉

なお、この〃第二章　賢治の「稲作と石灰」について〃は、二〇二〇年の第73回岩手芸術祭『県民文芸作品集』の文芸評論部門に応募した作品、〃宮澤賢治の「稲作と石灰」について〃を基にして、多少加筆したものである。

第三章　『校本全集第十四巻』の「総括見解」も

一　「それはないでしょう」

「えっ、いくらなんでも！」、と私は思わず声を発した。それは、『新校本宮澤賢治全集　第16巻(下)補遺・資料　年譜篇』(以後、『新校本年譜』と略称)における、大正15年12月2日の次の記載を見て、「それはないでしょう」、とである。

一二月二日(木)　セロを持ち上京するため花巻駅へゆく。みぞれの降る寒い日で、教え子の高橋(のち沢里と改姓)武治がひとり見送る。「今度はおれもしんけんだ、とにかくおれはやる。君もヴァイオリンを勉強していてくれ」といい、「風邪をひくといけないからもう帰ってくれ、おれはもう一人でいいのだ」と言ったが高橋は離れ難く冷たい腰かけによりそっていた。*65　………⊗

＊65　関『随聞』二一五頁の記述をもとに校本全集年譜で要約したものと見られる。ただし、「昭和二年十一月ころ」とされている年次を、大正一五年のことと改めることになっている。

〈『新校本年譜』325p ～〉

なんと、あの筑摩書房が、「……要約したものと見られる。ただし、「昭和二年十一月ころ」とされている年次を、大正一五年のことと改めることになっている」という、まるで他人事のような言い回しで、その典拠も明示せずに、「関『随聞』二一五頁の記述内容」を一方的に書き変えていたことになるからである。

はてさて、他人の記述内容を、その典拠も明示せずに一方的に書き変えるということがはたして許されるものなのだろうか。こんなことをしたならば、「出版社が、何と牽強付会《けんきょうふかい》なことをなさるものよ」と、眉を顰《しか》める人だっていそうだ。

その一方で、このような処理の仕方は大問題だということを指摘している賢治研究者等を、私は残念ながら未だ誰一人として見つけられずにいる。なんとも不思議な世界だと、門外漢で非専門家の私は思わざるを得ない。

二　必ず一次情報に立ち返って

そんな折、石井洋二郎氏が次のように、

あらゆることを疑い、あらゆる情報の真偽を自分の目で確認してみること、必ず一次情報に立ち返って自分の頭と足で検証してみること、この健全な批判精神こそが、文系・理系を問わず、「教養学部」という同じ一つの名前の学部を卒業する皆さんに共通して求められる「教養」というものの本質なのだと、私は思います。

〈「東大大学院総合文化研究科・教養学部」HP総合情報平成26年度教養学部学位記伝達式式辞(東大教養学部長石井洋二郎)〉

と式辞で述べたということを、あるＨＰで知った。さて、ではなぜ同氏はこのようなことを述べたのかというと、同ＨＰ

によればおおよそ次のようなこと、

あの有名な、「大河内総長は『肥った豚よりも痩せたソクラテスになれ』と言った」というエピソードを石井氏が検証してみたところ、

「早い話がこの命題は初めから終りまで全部間違いであって、ただの一箇所も真実を含んでいないのですね。にもかかわらず、この幻のエピソードはまことしやかに語り継がれ、今日では一種の伝説にさえなっている」

という思いもよらぬ結果となった。そこで、このことを憂慮した同氏は卒業生に対して、

「必ず一次情報に立ち返って自分の頭と足で検証してみること」

が如何に大事かということを訓えようと思った。そしてまた、

「この健全な批判精神こそが、「教養」というものの本質なのだ」

ということを訴えたかった。

からだと私は理解した。

実際私も、この式辞の中味を知るまでは、「大河内総長は『肥った豚よりも痩せたソクラテスになれ』と言った」は事実であると思い込んでいたから、やはり鵜呑みにすることは危険なのだということをなおさら覚った。かつては、「疑うことが学問の始まりである」という基本を叩きこまれたはずの私だが、いつのまにか唯々諾々と鵜呑みにしてきたことが多かったなと反省しつつ、これからは基本に立ち戻ろうと自戒し、

今後は、健全な批判精神を失わず、方法論としては「必ず一次情報に立ち返って自分の頭と足で検証してみること」を心掛けてゆこう。

と決意を新たにしたのだった。

そこで、なにはともあれ、「関『随聞』二一五頁の記述」をまずは確認してみよう。それはこのようなものだ。

沢里武治氏聞書

○……昭和二年十一月ころだったと思います。当時先生は農学校の教職をしりぞき、根子村で農民の指導に全力を尽くし、ご自身としてもあらゆる学問の道に非常に精励されておられました。その十一月びしょびしょみぞれの降る寒い日でした。

「沢里君、セロを持って上京して来る、今度はおれもしんけんだ、少なくとも三か月は滞在する、とにかくおれはやる、君もヴァイオリンを勉強していてくれ」そういってセロを持ち単身上京なさいました。そのとき花巻駅までセロを持ってお見送りしたのは私一人でした。駅の構内で寒い腰掛けの上に先生と二人並び、しばらく汽車を待っておりましたが、先生は「風邪を引くといけないからもう帰ってくれ、おれはもう一人でいいのだ」とせっかくそう申されましたが、こんな寒い日、先生をここで見捨てて帰るということは私としてはどうしてもしのび

なかつた、また先生と音楽についてさまざまの話をしあうことは私としてはたいへん楽しいことでありました。滞京中の先生はそれはそれは私たちの想像以上の勉強をなさいました。最初のうちはほとんど弓をはじくこと、一本の糸をはじくとき二本の糸にかからぬよう、指は直角にもってゆく練習、そういうことにだけ日々を過ごされたということであります。そして先生は三か月間のそういうはげしい、はげしい勉強で、とうとう病気になられ、帰郷なさいました。

《『賢治随聞』（関登久也著、角川選書）215p〜》

つまり、『新校本年譜』は、この「沢里武治氏聞書」が現定説〃⊗〃の典拠であるとし、ただし、この上京は大正15年12月2日のことである、と「訂正」したということになる。当然、多少賢治のことを知っている人ならば首を傾げるはずだ。「三か月間」どころか、それから一か月も経たない12月末に賢治は花巻に戻ったし、明けて昭和2年1月10日には羅須地人協会の講義等を行ったと同年譜ではなっているからだ。

もう少し丁寧に説明すると、典拠としている「沢里武治氏聞書」の中で、「三か月間のそういうはげしい、はげしい勉強で、とうとう病気になられ、帰郷なさいました」と沢里は証言しているわけだから、賢治は大正15年12月2日〜昭和2年3月1日の「三か月間」滞京していたことになるはずだが、現定説の〃⊗〃はそのことには全く触れていないのである。しかも、『新校本年譜』からその当時の賢治の動静を拾い上げてみると、左掲の《表1　賢治の動静（大正15年12月1日〜昭和2年3月1日）》のようになり、

《表1　賢治の動静（大正15年12月1日〜昭和2年3月1日）》

月	日	動　　静
12	1	11/22付案内による定期の集りが開催されたと見られる
	2	沢里武治一人に見送られ、セロを持ち、花巻駅から上京
	3	着京
	29	離京
1	1	一年の計：本年中セロ1週1頁　オルガン1週1課
	5	中野新佐久往訪、伊藤熊蔵同竹蔵等来訪
	7	中館武左エ門 田中縫次郎、照井謹二郎等来訪
	10	〔講義案内〕による羅須地人協会講義が行われたと見られる
	20	羅須地人協会講義
	30	羅須地人協会講義
	31	『岩手日報』に『農村文化の創造に努む』の記事
2	10	羅須地人協会講義
	20	羅須地人協会講義
	28	羅須地人協会講義
3	1	

〈『新校本年譜』より〉

この表の中に、大正15年12月2日～昭和2年3月1日の「三か月間」の滞京を当て嵌めることができないから、自家撞着《じかどうちゃく》が起こっている。つまり、あろうことか、現定説〝⊗〟が典拠としているという「関『随聞』二一五頁の記述」それ自体が、その反例になっているのである。そしてもちろん、定説と雖も所詮仮説の一つだから、反例がある仮説は即棄却されねばならないのに、だ。

　ところがその一方で、典拠としている「沢里武治氏聞書」の年次を「訂正」せず、素直にそのまま「昭和二年十一月ころ」を適用すればどうなるのかというと、下掲の《表2　賢治の動静（昭和2年11月1日～昭和3年3月13日）》にはこの「三か月間」がすんなりと当て嵌まる空白期間、昭和2年11月4日～昭和3年2月8日(この間、賢治はまるで透明人間だ)がある。なんともはや、「訂正」をすれば当て嵌まらないのに、「訂正」しない方がすんなりと当て嵌まるではないか。

　畢竟《ひっきょう》するに、「注釈＊65」のような年次の「訂正」の仕方は無茶だということを、この《表1》と《表2》は教えてくれている。そしてまた、『新校本年譜』の担当者がこのことに気付いていなかったはずがない。それは、現定説〝⊗〟の中に、「少なくとも三か月は滞在する」の文言が完全に消え去っていることが、逆に暗示していると私には思えるからである。

　かくの如く、現定説〝⊗〟は成り立ち得ないということが直ぐ分かるのに、賢治研究者の誰一人としてこのことに対して異議申し立てをしていないことが、門外漢で非専門家の私にはなおさら不可思議に見える。

《表2　賢治の動静（昭和2年11月1日～昭和3年3月13日）》

月	日	動　　静
11	1～3	菊花品評会の審査
12		
1		
2	9	湯本小学校で農事講演会に出席
	初旬	労農党へ「謄写版一式と二十円」寄付？
	15	堀籠文之進の長男を見舞う
	2月	梅野健造来訪
3	13	堀籠文之進へ岩手師範入学者の報告

〈『新校本年譜』より〉

三　『賢治随聞』の「あとがき」の違和感

逆に言えば、この「注釈＊65」にはきな臭さが伴っているとも言える。それは、この〝関『随聞』〟の、つまり『賢治随聞』（関登久也著、角川選書）の次のような「あとがき」を知って違和感を抱いたので、なおさらそう思わざるを得ない。

あとがき

森　荘已池

宗教者としては、法華経を通じて賢治の同信・同行、親戚としても深い縁のあった関登久也が、生前に、賢治について、三冊の主な著作をのこした。『宮沢賢治素描』と『続宮沢賢治素描』、そして『宮沢賢治物語』である。

…筆者略…

さて、直接この本についてのことを書こう。

『宮沢賢治素描』正・続の二冊は、聞きがきと口述筆記が主なものとなっていた。そのため重複するものがあったので、これを整理、配列を変えた。明らかな二、三の重要なあやまりは、これを正した。こんにち時点では、調べて正すことのできがたいもの、いまは不明に埋もれたものは、これは削った。…筆者略…賢治を神格化した表現は、二、三のこしておおかたこれを削った。その二、三は、「詩の神様」とか「同僚が賢治を神様と呼んだ」とかいう形容詞で、これを削っても具体的な記述をそこなわないものである。

なお以上のような諸点の改稿は、すべて私の独断によって行ったものではなく、賢治令弟の清六氏との数回の懇談を得て、両人の考えが一致したことを付記する。願わくは、多くの賢治研究者諸氏は、前二著によって引例することを避けて本書によっていただきたい。

…筆者略…

昭和四十四年九月二十一日

賢治三十七回忌の日に記す

〈『賢治随聞』（関登久也著、角川書店、昭和45年2月）〉

どういうことかというと、まず第一に、『賢治随聞』は「関登久也著」ということにはなっているが、実は関が手ずから全部を著したものではないというきな臭さである。それは、出版時期（昭和45年2月）の遥か以前の、昭和32年2月に関は疾うに没していることからも明らかであろう。

その第二は、「願わくは、多くの賢治研究者諸氏は、前二著によって引例することを避けて本書によっていただきたい」と懇願していることのきな臭さである。もはや故人となってしまった関の著作を換骨奪胎《かんこつだったい》したとも見られかねない〝関『随聞』〟の方を読めと、原本を引例することは避けて自分等が改稿した方の著作を読んでほしいという僭越な懇願をしていると言える。しかも、『新校本年譜』は、先に引いた注釈、

＊65　関『随聞』二一五頁の記述をもとに校本全集年譜で要約したものと見られる。

から示唆されるように、実際にこの懇願に呼応して〝関『随聞』〟を引例していると言える。もしかすると、この「沢里武治氏聞書」は、『賢治随聞』におけるものが、それこそ一次情

報ではないかもしれないのに、である。

四　「沢里武治氏聞書」の一次情報とは

ついては、今度は、関登久也が著した著作等を時間を遡って並べてみると以下のとおり。

・『賢治随聞』（角川書店、昭和45年2月20日発行）
・『宮沢賢治物語』（岩手日報社、昭和32年8月20日発行）
・『宮澤賢治物語』（『岩手日報』、昭和31年1月1日〜6月30日連載）
・『續　宮澤賢治素描』（眞日本社、昭和23年2月5日発行）
・『宮澤賢治素描』（眞日本社、昭和22年3月5日発行）
・『宮澤賢治素描』（協榮出版社、昭和18年9月15日発行）

ただし、これらの中に「沢里武治氏聞書」に相当するものが載っているものは次のとおりだ。

(1)「沢里武治氏聞書」（『賢治随聞』、215p〜）
(2)「沢里武治氏からきいた話」（『宮沢賢治物語』岩手日報社、217p〜）
〈関登久也没（昭和32年2月15日）〉
(3)「セロ(一)、(二)」（『宮澤賢治物語』（『岩手日報』、昭和31年2月22日〜23日連載）
(4)「澤里武治氏聞書」（『續　宮澤賢治素描』（60p〜）

つまり、「沢里武治氏聞書」の初出は『續　宮澤賢治素描』においてであった。となれば、普通はこれが一次情報となろう。ところが、『續　宮澤賢治素描』の『原稿ノート』（昭和19年3月8日付）が実は存在していて〈注一〉、その冒頭の1p〜3pにこの「沢里武治氏聞書」に相当することが書かれているから、件《くだん》の「関『随聞』二一五頁の記述」の真の一次情報は、

(5)『續　宮澤賢治素描』の『原稿ノート』（昭和19年3月8日付、1p〜3p）

であることになる。

そしてその実際の中身は以下のとおりである。

三月八日

確か昭和二年十一月の頃《ママ》だつたと思ひます。当時先生は農学校の教職を退き、猫村に於て農民の指導は勿論の事、御自身としても凡ゆる学問の道に非常に精勵されて居られました。其の十一月のビショみぞれの降る寒い日でした。「沢里君、セロを持つて上京して来る、今度は俺も眞剣だ少なくとも三か月は滞京する。俺のこの命懸けの修業が、結実するかどうかは解らないが、とにかく俺は、やる、貴方もバヨリンを勉強してゐてくれ。」さうおつしやつてセロを持ち單身上京なさいました。

其の時花巻駅迄セロをもつてお見送りしたのは、私一人でした。駅の構内で寒い腰掛けの上に先生と二人並び、しばらく汽車を待つて居りましたが、先生は「風邪を引くといけないからもう帰つてくれ、俺はもう一人でいゝのだ。」折角さう申されましたが、こんな寒い日、先生を此処で見捨てて帰ると云ふ事は私としてはどうしても偲びなかつたし、又、先生と音楽について様々の話をし合ふ事は私としては大変楽しい事でありました。滞京中の

先生はそれはそれは私達の想像以上の勉強をなさいました。

最初の中は、ほとんど弓を弾くこと、一本の糸を弾くに、二本の糸にかゝらぬやう、指は直角にもつていく練習、さういふ事にだけ、日々を過ごされたといふ事であります。そして先生は三か月間のさういふ火の炎えるやうなはげしい勉強に遂に御病気になられ、帰国なさいました。

〈関登久也著『續 宮澤賢治素描』の『原稿ノート』

（日本現代詩歌文学館所蔵）〉

つまり、この〝⑸〟が、「沢里武治氏聞書」の真の一次情報であり、この〝⑸〟からは、

㈠「確か昭和二年十一月の頃だつたと思ひます」というように、文頭に「確か」を付けているから、沢里はこの時の上京の時期は「昭和二年十一月の頃だつた」ということに、かなりの確信があったであろうこと。

㈡賢治は、三か月間の激しいチェロの勉強のせいで遂に病気になってしまって、帰花したということ。

が導かれる。

言い方を変えれば、先に実証したように、大正15年12月2日〜昭和2年3月1日の「三か月間」の滞京は現「賢治年譜」には当て嵌めることができないので、

この一次情報である〝⑸〟は、当然、現定説〝⊗〟の典拠にはなり得ない。逆に、現定説〝⊗〟の反例になっているから、もはや現定説〝⊗〟は即棄却されるべきものであり、修訂されねばならない。

ということになる。

〈注一〉私がなぜこの一次情報〝『續 宮澤賢治素描』の『原稿ノート』〟を見ることができたのかというと、私の恩師の一人が関登久也の長男と友人であり、その関わりで私もその長男に何度かお目にかかったことがあり、その際に、『原稿ノート』の存在を教えてもらえたからである。そこで、その方から許可をいただき、『日本現代詩歌文学館』に申請して閲覧できたのだった。

五　賢治昭和二年の上京

さて、ここまでのことを一度振り返ってみれば、『新校本年譜』が、現定説〝⊗〟の典拠だと言っているところの「沢里武治氏聞書」自体が、この定説の反例となっているので、現定説〝⊗〟は修訂せねばならない、ということが分かった。

となれば、どのように修訂すればよいのか。それは次のように、

みぞれの降る、昭和2年の11月頃の寒い日、セロを持ち上京するため花巻駅へゆく。教え子の沢里武治がひとり見送る。「沢里君、セロを持って上京して来る、今度は俺も眞剣だ少なくとも三か月は滞京する。俺のこの命懸

けの修業が、結実するかどうかは解らないが、とにかく俺は、やる。君もヴァイオリンを勉強していてくれ」といい、「風邪をひくといけないからもう帰ってくれ、おれはもう一人でいいのだ」と言ったが沢里は離れ難く冷たい腰かけによりそっていた。そして、「先生は三か月間のそういうはげしい、はげしい勉強で、とうとう病気になられ、帰郷なさいました」と沢里は証言している。………◎

という内容に修訂すれば良さそうだ。そして同時に、

　大正15年12月2日

　沢里武治〔、柳原昌悦〕に見送られながら上京（ただし、この時に「セロを持って」という保証はない）。

というようにである。

それは特に、先の〝二　必ず一次情報に立ち返って〟において実証したように、現定説〝⊗〟であれば当て嵌めることができない「三か月」が、この修訂〝◎〟であればすんなりと当て嵌まるからだ。なおかつ、実は柳原昌悦の次のような重要な証言があるということを、菊池忠二氏（柳原と菊池氏は向中野学園勤務時、同僚であった）から私（鈴木）は教わっている（平成23年11月26日）からでもある。

「羅須地人協会時代」の賢治の上京について、柳原昌悦が、

「一般には沢里一人ということになっているが、あの時は俺も沢里と一緒に賢治を見送ったのです。何にも書かれていないことだけれども」

ということを、柳原と職場の同僚であった私（菊池忠二氏）に教えてくれた。

という証言を、である。

さて、では柳原が言うところの「あの時」とは一体いつの日のことだったのだろうか。それは素直に考えれば、現定説の〝⊗〟、すなわち、「セロを持ち上京するため花巻駅へ行く。みぞれの降る寒い日で、教え子の沢里武治がひとり見送る」となっている、大正15年12月2日であることは直ぐに分かる。つまり、「現定説」では同日に賢治を見送ったのは「沢里武治がひとり」ということになっているが、その日に実は柳原も沢里と一緒に賢治を見送っていた、ということを同僚の菊池氏に対して柳原自身が証言していたことになる。なお、この時に賢治が「セロを持って」ということは、沢里も柳原もそれ以外の誰も証言していない。

そしてこれらのことは、次頁の《表3　羅須地人協会時代の賢治の詩の創作数の推移》からも、傍証できそうだ。

さて、この図表からは何が見えてくるか。真っ先に目に付くのが大正15年4月である。この月は全く詩を詠んでいない。そして次が同年12月と翌年の昭和2年1月である。この2か月間も同様に賢治は全く詩を詠んでいない。考えてみれば、前者については賢治が下根子桜《しもねこざくら》に移り住んだばかりの月だから時間的に余裕がなくて詠めなかったと、また後者については、12月の場合は殆ど滞京していたし、1月の場合は羅須地

人協会の10日おきの講義等で多忙だったから詠めなかったということで、いずれも説明が付く。どうやら賢治は忙しいときには詩を詠まない傾向がありそうだ。

ところが逆に、昭和2年の3月~8月の詩の創作数は極端に多くなっていることも特徴的である。これは、賢治の羅須地人協会の活動が次第に停滞していったのと対極的な動きを見せていると私には見える。つまり、この3月~8月の間は楽団活動を全くしなくなり、定期的に行われてきた講義等も次第に先細りになっていったので、そのことによって生ずる心の隙間を埋めようとしているかの如くに賢治は旺盛に詩を詠んだように見える。それこそ「農民詩」(というよりは「農事詩」と言えばいいのだろうか)などを。

なお、3月になって一気に創作数が急増しているわけだが、この3月といえば松田甚次郎が初めて下根子桜《しもねこさくら》に賢治を訪ねて来た月だ。すると、その初対面の卒業を間近に控えた盛岡高等農林の若者に「小作人たれ、農村劇をやれ」と賢治が強く熱く迫ったという。そして同年の夏頃といえば、その松田がほぼ出来上がった「農村劇」の脚本を携えて山形の新庄から再び指導を受けに来たのが8月8日であった。

あるいはまた同じくその夏頃といえば、労農党稗貫支部の実質的な支部長川村尚三が賢治から下根子桜に呼ばれたりした頃でもあるし、その年の夏から秋にかけては川村が『国家と革命』を教え、賢治は土壌学を教えるという交換授業を一定期間行ったり(『岩手史学研究 N0.50』(岩手史学会)220p ~)していた頃だ。どうやら、この頃の賢治は精神的昂揚期にあ

《表3　羅須地人協会時代の賢治の詩の創作数の推移》

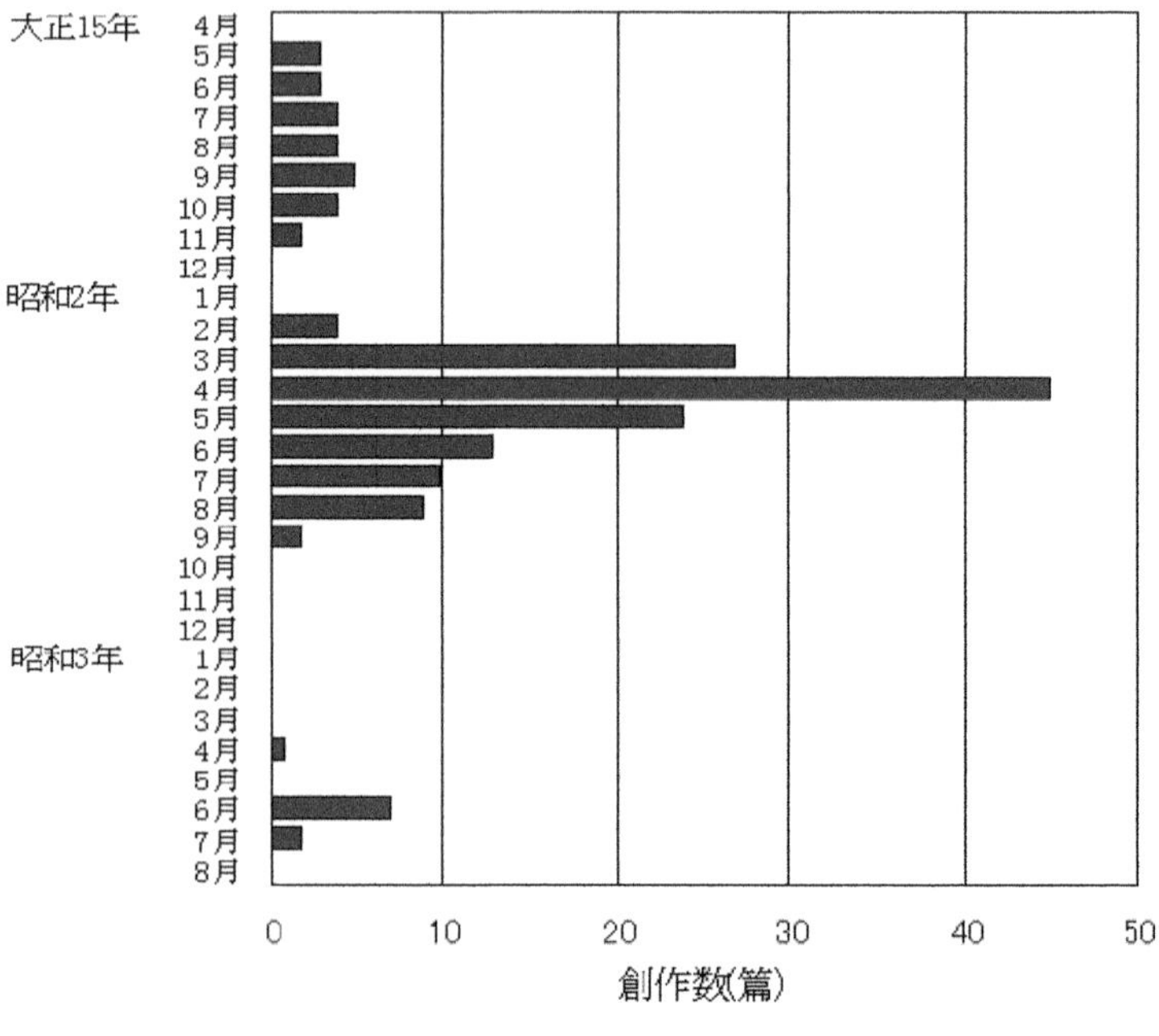

〈『新校本年譜』を基にカウント〉

ったと言えそうだ。

　ところがこの図表から明らかなように、昭和2年の場合9月に入ると創作数は一気に激減して2篇のみとなり、その後の10月～3月の半年間はなんと1篇の詩すら詠まれていない。一体そこにはどんな変化が賢治には起こっていたのだろうか。

　まず、9月に入って突如詩の創作数が激減し、以後しばらく皆無となってしまった原因は、大正15年の12月と同様にそれこそ上京していたがためということだってあり得る。ちなみに、昭和2年9月については、かつての殆どの「賢治年譜」には次のように、

　　昭和二年　三十二歳
　　九月、上京、詩「自動車群夜となる」を創作す。……★

と記載されていたから、9月に入って突如創作数が激減し、以後しばらく皆無となってしまったのは、この記載どおりに賢治は上京していたからであるとすれば説明が付く。

　そしてそれに続く、昭和3年3月までの詩の創作の空白期間は、「沢里武治氏聞書」の中にあるように、「先生は三か月間のそういうはげしい、はげしい勉強で、とうとう病気に」なったせいで、滞京中とその帰花後の賢治には詩を創作するだけの時間的な余裕がなかったからだということで説明が付く。

　ちなみに、かつての殆どの「賢治年譜」には、

　　昭和三年　三十三歳
　　一月、肥料設計、作詩を継續、「春と修羅」第三集を草す。この頃より過勞と自炊に依る榮養不足にて漸次身體衰弱す。

と記載されているから、なおさらにである。

　言い方を換えれば、『續 宮澤賢治素描』の『原稿ノート』の中で沢里は、「そして先生は三か月間のさういふ火の炎えるやうなはげしい勉強に遂に御病気になられ、帰国（帰花）なさいました」と証言しているわけだが、昭和2年の11月頃上京した賢治が三か月後に病気になって帰花したとすれば、昭和3年1月頃の賢治は帰郷せねばならなかったほどの病気だったということになるから、前掲の「賢治年譜」の「この頃より過勞と自炊に依る榮養不足にて漸次身體衰弱す」という記載とこの証言は符合している。よって、当時の年譜のこの記載が逆に、沢里のこの証言内容の信憑性が高いということを教えてくれる。延いては、沢里の証言内容の信頼度は一般に高そうだということでもある。

　あるいは、こんなことも示唆してくれる。それは前掲の『原稿ノート』の中で、

　　「沢里君、セロを持って上京して来る、今度は俺も眞剣だ少なくとも三か月は滞京する。俺のこの命懸けの修業が、結実するかどうかは解らないが、とにかく俺は、やる、貴方もバヨリンを勉強してゐてくれ。」さうおつしやつてセロを持ち單身上京なさいました。（傍点筆者）

と沢里は証言しているのだが、この証言に従えば、「今度」(昭和2年の11月頃)以前の、それもそれほど遡らない時期に賢治は、短期間の上京をしていた。であろうことが示唆される。つまり、昭和2年の11月頃の、それほど遡らない時期にも賢治はこのような「短期間の上京」をしていた蓋然性が高い。

すると、当然思い付くのは前頁の〝★〟だ。つまり、かつての「賢治年譜」の記載、「昭和二年　九月、上京」が、このような「短期間の上京」と符合するということだ。

そこで、しかし賢治はこの9月の上京では悔いが残ったので、「今度は俺も眞劍だ、少なくとも三か月は滞京する」と決意して再び同年11月頃に、「沢里君、セロを持つて上京して来る」と愛弟子沢里に語ったのだと解釈すれば、すんなりと辻褄が合うことに気付く。

そこで私は合点する。小倉豊文はそのことをよく調べていたので、昭和28年発行の『昭和文学全集14　宮澤賢治集』(角川書店)に所収した「賢治年譜」の中に、

大正十五年(1926)　三十一歳
十二月十二日、東京國際倶樂部に出席、フヰンランド公使とラマステツド博士の講演に共鳴して談じ合ふ。
昭和二年(1927)　三十二歳
九月、上京、詩「自動車群夜となる」を創作。
十一月頃上京、新交響樂團の樂人大津三郎にセロの個人教授を受く。
昭和三年(1928)　三十三歳
一月、肥料設計。この頃より漸次身體衰弱す。
〈『昭和文学全集14　宮澤賢治集』(角川書店、昭和28年6月10日発行)所収の「年譜　小倉豊文編」〉

と書けたのだということにだ。

そして改めて、小倉豊文のこの「賢治年譜」の、

昭和2年賢治は二度上京

という意味の記載は鋭いし、的確だと私は感心し、流石は小倉は歴史学者だと頷くのだった。私の知る限り、宮澤賢治が昭和2年に二度上京したという意味のことを述べている人は小倉以外にはいないし、まして、同年「十一月頃上京、新交響樂團の樂人大津三郎にセロの個人教授を受く」と断定している人は小倉のみだ(このことに関しては、次項「六　当時の「賢治年譜」にはどう記載されていたか」を御覧あれ)。私はそこに、小倉の矜持と自恃《じじ》を垣間見た。

延いては、先の修訂〝◎〟の妥当性を傍証してくれている、と私は改めて自信を持ったのだった。

六　当時の「賢治年譜」にはどう記載されていたか

次に、主立った「宮澤賢治年譜」において、次の三項目に相当する記載がどうなされていたかなどを時系列に沿って並べた一覧表《表4「宮澤賢治年譜」リスト》を作ってみたい。

(a)　大正15年の上京に関して

(b) 昭和2年の9月の上京に関して

(c) 昭和3年1月の賢治漸次身體衰弱す

***** 《表4「宮澤賢治年譜」リスト》 *****

(1)

昭和17年発行『宮澤賢治』(佐藤隆房著)

大正十五年　三十一歳(二五八六)

十二月十二日、上京タイピスト學校に於て知人となりし印度人シーナ氏の紹介にて、東京國際倶樂部に出席し、農村問題に就き壇上に飛入講演をなす。後フィンランド公使と膝を交へて農村問題や言語問題につき語る。

昭和二年　三十二歳(二五八七)

九月、上京、詩「自動車群夜となる」を創作す。

昭和三年　三十三歳(二五八八)

一月、肥料設計、作詩を繼續、「春と修羅」第三集を草す。この頃より過勞と自炊に依る榮養不足にて漸次身體衰弱す。

〈『宮澤賢治』(佐藤隆房、冨山房、昭和17年9月8日発行)所収「宮澤賢治年譜　宮澤清六編」〉

(2)

昭和22年発行『宮澤賢治研究』(草野心平編、十字屋書店)

大正十五年　三十一歳(一九二六)

△　十二月十二日、上京中タイピスト學校に於て知人となりし印度人シーナ氏の紹介にて、東京國際倶樂部に出席し、農村問題に就き壇上に飛入講演をなす。後フィンランド公使と膝を交へて農村問題や言語問題につき相語る。

昭和二年　三十二歳(一九二七)

△　九月、上京、詩「自動車群夜となる」を制作す。

昭和三年　三十三歳(一九二八)

△　一月、肥料設計、作詩を繼續、「春と修羅」第三集を草す。この頃より、過勞と自炊に依る榮養不足にて漸次身體衰弱す。

〈『宮澤賢治研究』(草野心平編、十字屋書店、昭和22年7月20日第四版発行)所収「宮澤賢治年譜」〉

(3)

昭和26年発行『宮澤賢治』(佐藤隆房著)

大正十五年　三十一歳(一九二六)

十二月十二日上京、タイピスト学校において知人となりしインド人シーナ氏の紹介にて、東京国際倶楽部に出席し、農村問題につき壇上に飛入講演をなす。後フィンランド公使と膝を交えて農村問題や言語問題につき語る。

昭和二年　三十二歳(一九二七)

九月、上京、詩「自動車群夜となる」を創作す。

昭和三年　三十三歳(一九二八)

一月、肥料設計、作詩を継続、「春と修羅」第三集を草す。この頃より過労と自炊による栄養不足にて漸次身体衰弱す。

〈『宮澤賢治』(佐藤隆房、冨山房、昭和26年3月1日発行)所収「宮沢賢治年譜　宮澤清六編」〉

(4)

昭和27年発行　『宮澤賢治全集 別巻』(十字屋書店)

大正十五年　三十一歳(二五八六)

十二月十二日、上京、タイピスト學校に於て知人となりし印度人シーナ氏の紹介にて、東京國際倶樂部に出席し、農村問題に就き壇上に飛入講演をなす。後フィンランド公使と膝を交へて農村問題や言語問題につき語る。
昭和二年　三十二歳(二五八七)
九月、上京、詩「自動車群夜となる」を創作す。
昭和三年　三十三歳(二五八八)
一月、肥料設計、作詩を繼續、「春と修羅」第三集を草す。この頃より過勞と自炊に依る榮養不足にて漸次身體衰弱す。
〈『宮澤賢治全集 別巻』(十字屋書店、昭和27年7月30日第三版発行)所収「宮澤賢治年譜 宮澤清六編」〉

(5)
昭和28年発行『昭和文学全集14 宮澤賢治集』(角川書店)
大正十五年(1926)　三十一歳
十二月十二日、東京國際倶樂部に出席、フヰンランド公使とラマステツド博士の講演に共鳴して談じ合ふ。
昭和二年(1927)　三十二歳
九月、上京、詩「自動車群夜となる」を創作。
十一月頃上京、新交響樂團の樂人大津三郎にセロの個人教授を受く。
昭和三年(1928)　三十三歳
一月、肥料設計。この頃より漸次身體衰弱す。
〈『昭和文学全集14 宮澤賢治集』(角川書店、昭和28年6月10日発行)所収の「年譜　小倉豊文編」〉

------昭和31年1月1日～6月30日　関登久也著「宮澤賢治物語」『岩手日報』紙上に連載------
〈関登久也没昭和32年2月15日〉

(6)
昭和32年発行『宮澤賢治全集十一』(筑摩書房)
大正十五年(一九二六)　三十一歳
十二月、『銅鑼』第九號に詩「永訣の朝」を發表した。又上京してエスペラント、オルガン、セロ、タイプライターの個人授業を受けた。また東京國際倶樂部に出席してフィンランド公使と農村問題について話し合った。
昭和二年(一九二七)　三十二歳
九月、『銅鑼』第十二號に詩「イーハトヴの氷霧」を發表した。
上京して詩「自動車群夜となる」を創作した。
昭和三年(一九二八)　三十三歳
肥料設計、作詩を續けたが漸次身體が衰弱して來た。
〈『宮澤賢治全集十一』(筑摩書房、昭和32年7月5日再版発行)所収「年譜　宮澤清六編」〉

(7)
昭和41年発行『年譜 宮澤賢治伝』(堀尾青史著)
大正十五年(一九二六)　三十歳
十二月四日　上京して神田錦町三丁目十九番地上州屋に間借りした。
上京の目的は、エスペラントの学習、セロ、オルガン、タイプライターの習得であった。
十二月十二日　神田上州屋より父あて書簡。

――今日午後からタイピスト学校で友達となつたシーナといふ印度人の紹介で東京国際倶楽部の集会に出て見ました。

〈『年譜　宮澤賢治伝』（堀尾青史著、図書新聞社、昭和41年3月15日発行）〉

(8)　昭和44年発行『宮澤賢治全集第十二巻』（筑摩書房）
大正十五年（一九二六）　三十一歳
十二月、月初めに上京、二十五日間ほどの間に、エスペラント、オルガン、タイプライターの個人授業を受けた。また東京國際倶樂部に出席、フィンランド公使と農村問題、言語の問題について話し合ったり、セロの個人授業を受けたりした。
昭和三年（一九二八）　三十三歳
肥料設計、作詩を續けたが漸次身體が衰弱してきた。
〈『宮澤賢治全集第十二巻』（筑摩書房、昭和44年3月第二刷発行）所収「年譜　宮澤清六編」〉

(9)　昭和52年発行『校本宮澤賢治全集第十四巻』
一九二六（大正一五・昭和元）年　三〇歳
一二月二日（木）　セロを持ち上京するため花巻駅へゆく。みぞれの降る寒い日で、教え子の沢里武治がひとり見送る。「今度はおれも真剣だ、とにかくおれはやる。君もヴアイオリンを勉強していてくれ」といい、「風邪をひくといけないからもう帰ってくれ、おれはもう一人でいいのだ」といったが沢里は離れ難く冷たい腰かけによりそっていた。
〈『校本宮澤賢治全集第十四巻』（筑摩書房、昭和52年10月30日発行）「年譜」〉

(10)　平成13年発行『新校本宮澤賢治全集　第十六巻（下）補遺・資料　年譜篇』
一九二六（大正一五・昭和元）年　三〇歳
一二月二日（木）　セロを持ち上京するため花巻駅へゆく。みぞれの降る寒い日で、教え子の高橋（のち沢里と改姓）武治がひとり見送る。「今度はおれもしんけんだ、とにかくおれはやる。君もヴァイオリンを勉強していてくれ」といい、「風邪をひくといけないからもう帰ってくれ、おれはもう一人でいいのだ」といったが高橋は離れ難く冷たい腰かけによりそっていた。
〈『新校本年譜』（筑摩書房、平成13年12月10日発行）〉

*****《表4「宮澤賢治年譜」リスト》終わり*****

こうして、この《表4「宮澤賢治年譜」リスト》を俯瞰していると、これは際立っていると私が感じたことは、

「現定説」となっている「大正15年12月2日のみぞれの降る寒い日、セロを持ち花巻駅へ、教え子の沢里武治がひとり見送る」が「賢治年譜」に記載されるようになったのは、昭和52年発行の『校本宮澤賢治全集第十四巻』が実は初めてであり、それ以降である。しかも同時に、先に挙げた、
(b)　昭和2年の9月の上京に関して
(c)　昭和3年1月の賢治漸次身體衰弱す

の記載は逆に完全に消え去った。

ということだ。

なるほどこれで見えてきた。それはとりわけ、最後の(9)と(10)の記載内容は実質的には全く同一であるということがであり、このことから、あの「注釈＊65」は昭和52年の時点で既に実質的に適用されていたのだということが、である。

七　もう一つの「総括見解」も

さて、その見えてきたことは何かということをもう少し具体的に説明をしたい。

まずは、あの〝関『随聞』二一五頁の記述〟を典拠としていることになる現定説〝⊗〟は、昭和52年になって突如現れたということがである。逆に、同時に前掲の(b)も(c)もそれ以降は消え去ってしまったこともだ。

したがって、昭和52年に出版された『校本全集第十四巻』において、従来の「賢治年譜」が大幅に書き変えられたと言える。それも、疾うに亡くなってしまった関登久也の著となっている、〝関『随聞』二一五頁の記述〟をたてにしてである。しかも、「「昭和二年十一月ころ」とされている年次を、大正一五年のことと改めることになっている」と非論理的に、いわば横車を押してだ。

そこで私はデジャヴを感じた。そうだ、これは本書の〝第一章「絶版回収事件」と「252c 等の公開」〟で考察した、「252c 等の公開」の場合の構図とほぼ同じではないか、と。

つまり、高瀬露が亡くなって程なく、書簡 252c は「新発見」とは言えそうにないのにそう表現し、しかもその典拠も明示せずに、「新発見の書簡 252c」は「露あてであることが判然としている」と同十四巻で公的に断定したという、これまた横車が押されたわけだが、このこととほぼ同じではないか、と。

言い方を換えれば、「倒産直前の筑摩書房は腐りきって」いたことの事例の一つが「252c 等の公開」であったことを既に第一章で実証したところだが、実はそれだけでなく、「「昭和二年十一月ころ」とされている年次を、大正一五年のことと改めることになっている」という、非論理的な、この横車もまたその事例の一つであった蓋然性が高いということだ。

よって、『校本全集第十四巻』における、

〝「新発見の書簡 252c」等の公開〟

という横車が、「倒産直前の筑摩書房は腐りきって」いたことの一つの現れであったばかりでなく、同巻における、

〝「昭和二年十一月ころ」とされている年次を、大正一五年のことと改めることになっている〟

という横車もまた、その一つであったということになりそうだ。

となればもはや、

昭和52年に出版された『校本全集第十四巻』もまた、同年に出版された『事故のてんまつ』と同様に、「倒産直前の筑摩書房は腐りきっていた」ことを実は裏付けている。……●

とも言えそうだ。

そこで私は、これではますます不公平ではないかと言わざ

るを得ない。なぜならば、『事故のてんまつ』については「総括見解」が公になっているが、『校本全集第十四巻』についてはそれがなされていないからである。
もう少し精確に言うと、第一章の最後の方で、

せめて、なぜ「新発見の252c」と、はたまた、「判然としている」と断定できたのかという、我々読者が納得できるそれらの典拠を情報開示していただけないか、と。願わくば、『事故のてんまつ』の場合と同様に、「252c等の公開」についても「総括見解」を公にしていただけないか、と。

私は筑摩お願いした。だが、前述の〝●〟ということが言えそうだからこうなってしまった以上は、「252c等の公開」についての、と限定するのではなく、それも含めた『校本全集第十四巻』全体についての「総括見解」をお願いせざるを得なくなった。
畢竟《ひっきょう》するに、

『事故のてんまつ』の場合と同様に、筑摩書房におかれましては『校本宮澤賢治全集第十四巻』についても「総括見解」を公にしていただけないでしょうか。

という、お願いをしたい。

七　もう一つの「総括見解」も

〈註〉
現定説〝⊗〟とは、大正15年12月2日についての次の記載内容を指す。

一二月二日(木)　セロを持ち上京するため花巻駅へゆく。みぞれの降る寒い日で、教え子の高橋（のち沢里と改姓）武治がひとり見送る。「今度はおれもしんけんだ、とにかくおれはやる。君もヴァイオリンを勉強していてくれ」といい、「風邪をひくといけないからもう帰ってくれ、おれはもう一人でいいのだ」と言ったが高橋は離れ難く冷たい腰かけによりそっていた。………⊗

〈『新校本年譜』325p～〉

第四章　筑摩書房に異議申し立て

一　おかしいと思ったところはほぼ皆おかしかった

ではここからは、〝序章　門外漢で非専門家ですが〟の続きである。

さて、現「賢治年譜」等において、少なからず見つかる常識的に考えればこれはおかしいと思われる事柄について、基本的には「仮説検証型研究」という手法に依って調べてみたところ、常識的に考えておかしいと思ったところは、ほぼ皆いずれもおかしいということが実証できた。

そのうちの主な事柄については、例えば、拙著『本統の賢治と本当の露』（鈴木守著、ツーワンライフ出版）の中の〝第一章　本統の宮澤賢治〟の、

2．「賢治神話」検証七点

㈠ **「独居自炊」とは言い切れない**
㈡ **「羅須地人協会時代」の上京について**
㈢ **「ヒデリノトキニ涙ヲ流サナカッタ」賢治**
㈣ **誤認「昭和二年は非常な寒い氣候…ひどい凶作」**
㈤ **賢治の稲作指導法の限界と実態**
㈥ **「下根子桜」撤退と「陸軍大演習」**
㈦ **「聖女のさましてちかづけるもの」は露に非ず**

でも論じているので詳細はそちらで御覧いただくことにして、ここでは紙幅の都合上、以下に簡潔に述べてみたい。

㈠ 「独居自炊」とは言い切れない

「羅須地人協会時代」の賢治は独居自炊であった、これが通説であろう。ところが、

千葉恭という人物が、大正15年6月22日頃～昭和2年3月8日までの少なくとも8か月間を賢治と一緒に暮らしていた。

ということを私は実証できたので、同時代の賢治は「独居自炊」であったとは言い切れない。

㈡ 「羅須地人協会時代」の上京について

本書の第三章でも論じたように、大正15年の現定説、

一二月二日(木)　セロを持ち上京するため花巻駅へゆく。みぞれの降る寒い日で、教え子の沢里武治がひとり見送る。

は正しいとは言えず、この12月2日について言えることは、

沢里武治〔、柳原昌悦〕に見送られながら上京(ただし、この時に「セロを持って」という保証はない)。

ということである。

なおかつ、セロを持って上京した件についての真実は、

みぞれの降る、昭和2年の11月頃、「沢里君、セロを持って上京して来る。今度は俺も眞剣だ少なくとも三か月は滞京する」と言って花巻駅から上京。そして、約三か月間に亘るチェロの猛勉強の無理が祟って病気になって帰花した。

である。

㈢「ヒデリノトキニ涙ヲ流サナカッタ」賢治

「羅須地人協会時代（2年4か月）」のうちの大正15年も、昭和3年もともに賢治の地元稗貫はヒデリの年であった。そこで、賢治は農民たちのために「ヒデリノトキハナミダヲナガシ」たというのが通説のようだが、そのようなことを裏付ける証言も資料も見つからない。つまり、同時代の賢治が「ヒデリノトキハナミダヲナガシ」たとは言い切れない。

㈣誤認「昭和二年は非常な寒い氣候…ひどい凶作」

少なからぬ賢治研究者等が、「昭和二年は、多雨冷温の天候不順の夏だった」とか「未曾有の凶作だった」と断定しているが、そのような歴史的事実はなく誤認である。自ずから、同年に賢治が「サムサノナツハオロオロアル」いたはずがない。

畢竟《ひっきょう》するに、「羅須地人協会時代」の賢治にとっては、

　ヒデリノトキハナミダヲナガシ
　サムサノナツハオロオロアルキ

する必然性は乏しかった。

㈤賢治の稲作指導法の限界と実態

「羅須地人協会時代」の賢治は、食味もよくて冷害にも稲熱病にも強いという陸羽一三二号を岩手の農民たちのために推奨し、貢献したというのが通説のようだ。

しかしながら、同品種は金肥に対応して開発された品種だったから、当時の農家全体の約六割を占めていた小作農や自小作農（つまり貧しい農家）にとっては金肥の購入が容易ではなかったので、彼等のために貢献できたとは言い切れない。

また、賢治は石灰の施用を奨め、特に「東北砕石工場技師時代」は、貧しい農民たちのために炭酸石灰を安く供給して酸性土壌の田圃を中性にさせ、稲の収量を増してやった、というのが通説のようだ。

だが、本書の〝第二章　賢治の「稲作と石灰」について〟でも論証したように、そうであったとは言えない。それは、稲の最適土壌は中性でも、ましてアルカリ性でもなく、そもそも弱酸性〜微酸性だからである。

畢竟《ひっきょう》するに、「羅須地人協会時代」や「東北砕石工場技師時代」の賢治の稲作指導法には始めから限界があり、当時の大半を占めていた貧しい農民たちのために貢献できたとは言い難い。

㈥「下根子桜」撤退と「陸軍大演習」

賢治が昭和3年8月に実家へ戻った件については、

　心身の疲勞を癒す暇もなく、氣候不順に依る稲作の不良を心痛し、風雨の中を徹宵東奔西走し、遂に風邪、やがて肋膜炎に罹り、歸宅して父母のもとに病臥す。

が通説のようだが、そうとばかりは言えない。

それは、沢里武治宛書簡243の中の一言「演習が終るころ」の「演習」とは、同年10月に行われた陸軍大演習であることはほぼ間違いないから、次のような、

〈仮説〉賢治は特高から、「陸軍大演習」が終わるまでは自宅に戻っておとなしくしているように命じられ、それに従って昭和3年8月10日に下根子桜《しもねこざくら》から撤退し、実家

でおとなしくしていた。
を定立すれば、全てのことがすんなりと説明できることに気付くし、実際にこの仮説を検証できたからである。

㈦「聖女のさましてちかづけるもの」は露に非ず

巷間、高瀬露が〈悪女〉であるとされる大きな理由の一つとして、賢治の詩〔聖女のさましてちかづけるもの〕が挙げられる。それは、露はクリスチャンだ、クリスチャンは聖女だ、だから〔聖女のさましてちかづけるもの〕のモデルは露であるという単純で安直な論理によってである。

しかしこのモデルとしては、露のみならず別に伊藤ちゑも考えられる。なおかつ、賢治周縁の女性の中でクリスチャンかそれに近い女性は他にいないから、結局のところ、〔聖女のさましてちかづけるもの〕のモデルとして考えられる人物は露とちゑの二人であり、この二人しかいない。

では、一体この二人の中でどちらが当て嵌まるのかというと、そのモデルは限りなくちゑである。なぜなら、

・賢治は昭和6年の7月頃、ちゑとならば結婚してもいいと思っていたが、そのちゑは賢治と結婚することを拒絶していたという蓋然性がかなり高い。

・それに対して露の方だが、賢治は昭和2年の途中から露を拒絶し始めていたということだし、しかも昭和3年8月に下根子桜《しもねこざくら》から撤退して実家にて病臥するようになったので露との関係は自然消滅したと一般に云われている。

から、

・ちゑ：賢治が「結婚するかも知れません」と言っていたというちゑに対して、その約2か月半後に、

・露：「レプラ」と詐病したりして賢治の方から拒絶したと云われている露に対して、その約4年後に、

どちらの女性に対して、あの、「なまなましい憤怒の文字」を連ねたと佐藤勝治が言っているところの、〔聖女のさましてちかづけるもの〕という詩を詠むかというと、それはほぼちゑに対してであるとなるのではなかろうか。とりわけ、ちゑは賢治との結婚を拒絶していたと判断できるからなおさらにだ。

したがって、この昭和6年10月に詠んだ〔聖女のさましてちかづけるもの〕は、同年7月頃、ちゑとならば結婚してもいいと思っていたということが覗える賢治が、ちゑからそれを拒絶されて、自分の思い込みに過ぎなかったということを思い知らされた末の憤怒の詩だったと判断するのが極めて自然であろう。つまり、「聖女のさましてちかづけるもの」とは露のことではなくてちゑのことである、という蓋然性が極めて高いということであり、それ故に、〔聖女のさましてちかづけるもの〕のモデルは限りなくちゑである、と言える。

よっておのずから、次の

〈仮説〉「聖女のさましてちかづけるもの」は少なくとも露に非ず。

が定立できることに気付くし、反例の存在も限りなくゼロだ。しかし、それでもやはりそれはちゑではなくて露だと主張したい方がいるのであれば、それを主張する前にちゑがそのモ

デルではないということをまず実証せねばならない。だが、その実証は今のところ為されていないので、この〈仮説〉の反例は実質的に存在していないと言えるから、現時点では限定付きの「真実」となる。言い換えれば、露をモデルにしているとは言い切れない一篇の詩〔聖女のさましてちかづけるもの〕を元にして、露を〈悪女〉にすることができないのは当然のことだ。

というわけで、実際に検証してみればみるほど、おかしいと思ったところはほぼ皆おかしかった。だから、これらのことが、

賢治はあまりにも聖人・君子化され過ぎてしまって、実は私はいろいろなことを知っているのだがそのようなことはおいそれとは喋れなくなってしまった。

と、私の恩師岩田純蔵教授が嘆いていた事柄に当たるのだろうと推断できた。そしてこれで恩師からのミッションにはある程度応えられたかなと、いくばくか安堵したのだった。

二　検証結果についての評価や反応

しかし、ここまでの私の一連の検証結果は、『新校本年譜』等の記載、あるいは通説や定説とはかなり異なっていたり、中には正反対だったりということで、そう簡単には世の中から受け容れてもらえないであろうことは充分に覚悟している。それは、もちろん先の㈠〜㈦については自信はあるのだが、かつての私からしても、これらはいずれも皆荒唐無稽なことばかりだからでもある。

さりながら、〝㈠「独居自炊」とは言い切れない〟については、このことを論じた自費出版の拙著『賢治と一緒に暮らした男—千葉恭を尋ねて—』を入沢康夫氏に謹呈したところ、

これまでほとんど無視されていた千葉恭に御著によって、初めて光が当たりました。伝記研究上で、画期的な業績と存じます。（平成23年12月27日付入沢氏書簡）

という評をいただいた。

また、〝㈡「羅須地人協会時代」の上京について〟も入沢氏からの支持があったから、この主張も案外いい線までいっているはずだと内心自信を持っている。それは何故かというと次のようなことがあったからだ。

この私の主張は、いわば「賢治の昭和二年上京説」であり、それは拙ブログ『みちのくの山野草』においてかつて投稿した「賢治の10回目の上京の可能性」にも当たる。

するとその投稿の最終回において入沢康夫氏から、

祝　完結（入沢康夫）2012-02-07 09:08:09
「賢治の十回目の上京の可能性」に関するシリーズの完結をお慶び申します。「賢治と一緒に暮らした男」同様に、冊子として、ご事情もありましょうがなるべく早く上梓なさることを期待致します。

というコメントをいただいた。しかもご自身のツイッター上で、

入沢康夫　2012年2月6日

「みちのくの山野草」http://blog.goo.ne.jp/suzukishuhoku というブログで「賢治の10回目の上京の可能性」という、40回余にわたって展開された論考が完結しました。価値ある新説だと思いますので、諸賢のご検討を期待しております。

とツイートしていることも偶々私は知ったからである。つまり、同氏から、チェロ猛勉強のための「賢治の昭和二年上京説」に強力な支持を得ているものと私は認識している。

あるいは、〃**㈤　賢治の稲作指導法の限界と実態**〃に関しては、本書の〃第二章　賢治の「稲作と石灰」について〃で言及したように、拙ブログ『みちのくの山野草』の中で、ここ暫くコンスタントに閲覧数の最も多いのが、「稲の最適土壌は中性でも、ましてアルカリ性でもない」というタイトルの投稿（平成29年1月7日）である。

ということは、このことに関しては、私の主張の中味の是非はさておき、多くの方々が興味・関心を、そして賢治の稲作指導に対する従来の評価に疑問を抱いているということを示唆していると考えられる。

言い方を換えれば、賢治の稲作指導法の実態等についての誤解が世間には少なからずある、ということをこの閲覧数の多さが示唆していいそうだ。

そして、〃**㈥「下根子桜」撤退と「陸軍大演習」**〃に関しては、東北大学名誉教授大内秀明氏より次のような評をいただいている。

ところで賢治の「真実」ですが、『賢治と一緒に暮らした男』の第一作に続き、今回はサブタイトル「賢治昭和二年の上京」に関しての『羅須地人協会の真実』でした。と同時にブログでは、「昭和三年賢治自宅謹慎」についての「真実」を、同じような仮説を立てての綿密な実証の手法で明らかにされています。この手法は、幾何学の証明を見るように鮮やかな証明です。実を言いますと、「昭和二年の上京」よりも、「昭和三年賢治自宅謹慎」の方が、現在の問題関心からすると、より強く興味を惹かれるテーマです。このテーマに関しても、すでにブログで「結論」を出されていますし、その後に『羅須地人協会の終焉―その真実』として、先著の補巻のような形で刊行されました。鈴木さんの問題の提起は、「澤里武治宛の宮沢賢治書簡」(昭和三年九月二三日付)の文章にあります。「お手紙ありがたく拝見しました。八月十日から丁度四十日の間熱と汗に苦しみましたが、やっと昨日起きて湯にもはいり、すっかりすがすがしくなりました。六月中東京へ出て毎夜三四時間しか睡らず疲れたままで、七月畑に出たり村を歩いたり、だんだん無理が重なってこんなことになったのです。演習がおわるころはまた根子へ戻って今度は主に書く方へかかります。

休み中二度お訪ね下すったそうでまことに済みません」ここに出てくる演習について、その意味を探って行きます。以下、簡単に紹介させて貰いましょう。

「賢治年譜」によると、昭和三年八月のこととして、心身の疲労にも拘らず、気候不順による稲作の不作を心配、風雨の中を奔走し、風邪から肋膜炎、そして「帰宅して父母のもとに病臥す」となっている。しかし、当時の賢治の健康状態、気象状況、稲作の作況など、綿密な検証により、「賢治年譜」は必ずしも「真実」を伝えるものではなく、事実に必ずしも忠実ではない。とくに「賢治の療養状態は、たいした発熱があったわけでもないから療養の傍菊造りなどをして秋を過ごしていた。」

では、なぜ賢治が自宅の父母の元で療養したのか?

「陸軍特別大演習」を前にして行われた官憲の厳しい「アカ狩り」から逃れるためであり、賢治は病気であるということにして、実家に戻って自宅謹慎、蟄居していた。

「例えばそのことは、

・当時、「陸軍特別大演習」を前にして、凄まじい「アカ狩り」が行われた。

・賢治は当時、労農党稗和支部の有力なシンパであった。

・賢治は川村尚三や八重樫賢師と接触があった。

・当時の気象データに基づけば、「風の中を徹宵東奔西走」するような「風雨」はなかった。

・当時の賢治の病状はそれほど重病であったとは言えない。」

以上が、「不都合な真実」に対する本当の「真実」です。ここでも羅須地人協会と賢治の活動の真実に基づく実像を明らかにする上で、大変貴重な検証が行われたと評価したいと思います。

〈『宮沢賢治の「羅須地人協会」賢治とモリスの館十周年を迎えて』（仙台・羅須地人協会代表大内秀明）31p～〉

私としては、身に余る評価をいただきすぎて恐縮するばかりだが、私の主張は案外荒唐無稽なものでもなさそうだということを、お陰様で知って安堵した。

という次第で、先の㈠～㈦等についてはさらに自信を持ったのだが、そこには構造的な問題も横たわっていそうだから、㈠～㈥等の評価がどう定まるかは歴史の判断に委ね、俟っていようと思っていた。

三　〈悪女・高瀬露〉は人権に関わる重大問題

ただし、〝㈦「聖女のさましてちかづけるもの」は露に非ず〞についてはどうかというと、私は従来は次のように考えていた。

三　〈悪女・高瀬露〉は人権に関わる重大問題

しかし、巷間流布している〈高瀬露悪女伝説〉がもし捏造されたものであったとするならば、この件だけは歴史の判断に委ねていていいとは言えない。それは人権に関わる重大な問題であり、先の㈠～㈥等とは根本的に違い、喫緊の課題となるからである。

　そこで私はこの〝㈦〟を敷衍して、〈高瀬露悪女伝説〉を検証してみたところ、この伝説は捏造されたものであることを実証できた。懸念していたとおりであった。

　そこで、〈悪女・高瀬露〉は濡れ衣だということを世に訴えたいと願って、拙著『本統の賢治と本当の露』の〝第二章　本当の高瀬露〟でこのことを公にした。

　そして同書の「おわりに」において、

> 　だが一つだけ、決して俟っているだけではだめなものがある。それは、濡れ衣、あるいは冤罪とさえも言える〈悪女・高瀬露〉、いわゆる〈高瀬露悪女伝説〉の流布を長年に亘って放置してきたことを私たちはまず露に詫び、それを晴らすために今後最大限の努力をし、一刻も早く露の名誉を回復してやることを、である。もしそれが早急に果たされることもなく、今までの状態が今後も続くということになれば、それは「賢治伝記」に最大の瑕疵《かし》があり続けるということになるから、今の時代は特に避けねばならないはずだ。なぜなら、このことは他でもない、人権に関わる重大問題だからである。それ故、「賢治伝記」に関わるこの瑕疵を今までどおり看過し続けていたり、等閑視を続けていたりするならば、「賢治を愛し、あるいは崇敬している方々であるはずなのに、人権に対する認識があまりにも欠如しているのではないですか」と、私たち一般読者までもが世間から揶揄や指弾をされかねない。
>
> 　一方で露本人はといえば、
>
> 　　彼女は生涯一言の弁解もしなかった。この問題について口が重く、事実でないことが語り継がれている、とはっきり言ったほか、多くを語らなかった。
>
> 〈『図説宮沢賢治』（上田哲、関山房兵、大矢邦宣、池野正樹共著、河出書房新社）93p～〉
>
> というではないか。あまりにも見事でストイックな生き方だったと言うしかない。がしかし、私たちはこのことに甘え続けていてはいけない。それは、あるクリスチャンの方が、「敬虔なクリスチャンであればあるほど弁解をしないものなのです」ということを私に教えてくれたからだ。ならば尚のこと、理不尽にも着せられた露の濡れ衣を私は一刻も早く晴らしてやりたいし、そのことはもちろん多くの方々も願うところであろう。
>
> 　まして、天国にいる賢治がこの理不尽を知らないわけがない。少なくともある一定期間賢治とはオープンでとてもよい関係にあり、しかもいろいろと世話になった露が今までずっと濡れ衣を着せ続けられてきたことを、賢治はさぞかし忸怩たる想いで嘆き悲しんでいるに違いない。それは、結果的に賢治は「恩を仇で返した」ことになってしまったからなおさらにだ。だから、「いわれなき〈悪女〉という濡れ衣を露さんが着せられ、人格が貶められ、尊厳が傷つけ

られていることをこの私が喜んでいるとでも思うのか」と、露賢治は私たちに厳しく問うているはずだ。そこで私は、露の名誉回復のためであることはもちろんだが、賢治のためにも、今後も焦らず慌てずしかし諦めずに露の濡れ衣をいくらかでも晴らすために地道に努力し続けてゆきたい。

〈『本統の賢治と本当の露』（鈴木守著、ツーワンライフ出版）140p ～〉

と決意を述べて、かなり肩の荷を降ろすことができた。

　すると、この『本統の賢治と本当の露』の出版もあったりしたからであろうか、森義真氏が行った講演『賢治をめぐる女性たち―高瀬露について―』（令和2年3月20日、矢巾町国民保養センター）において、同氏から、

　そうしたところに、上田さんが発表した。しかし、世間・世の中ではやっぱり〈悪女〉説がすぐ覆るわけではなくて、今でもまだそういう〈悪女〉伝説を信じている人が多くいるんじゃないのかなと。しかしそこにまた石を投げて〈悪女〉ではないと波紋を広げようとしているのが鈴木守さんで、この『宮澤賢治と高瀬露』という冊子と、『本統の賢治と本当の露』という本を読んでいただければ、鈴木さんの主張もはっきりと〈悪女〉ではないということです。はっきり申し上げてそうです。

とか、

　時間がまいりましたので結論を言います。冒頭に申し上げましたように、「高瀬露＝〈悪女〉」というこれは本当に濡れ衣だと私は言いたい。それについては上田哲さんがまず問題提起をし、それを踏まえて鈴木守さんが主張している。それに私は大いに賛同します、ということです。

〈『宮沢賢治と高瀬露―露は〈聖女〉だった―』（露草協会編、ツーワンライフ出版）8p ～〉

と仰っていただいた。そしてまた、この講演録も所収した『宮沢賢治と高瀬露―露は〈聖女〉だった―』（森　義真、上田哲、鈴木守共著、露草協会編、ツーワンライフ出版）を『露草協会』から出版してもらった。

　これでやっと、恩師岩田教授からのミッションに対してはほぼ果し終えることができたかなと、私は胸をなで下ろしたのだった。それは、ここまで為し終えることができたので、〈悪女・高瀬露〉は濡れ衣であったということは今後次第に世間から受け容れられてゆくだろうから、以前に取り上げた〝㈠～㈥〟等と同様に、今後は歴史に委ね、焦らずに俟っていればいいのだと自分自身に言い聞かせることができたからである。……私はある時点まではこのように考えていた。

四　『校本全集第十四巻』も『事故のてんまつ』と同じ

　そう考えていたのだが、あることが切っ掛けで私はその考え方を変えた。俟っていてばかりではいけないのだ、とであ

る。

それは、筑摩書房の社史に、「倒産直前の筑摩書房は腐りきっていました」と書いてあったことを知ったことによってだ。それも、「腐っていました」ではなくて、「腐りきっていました（傍点筆者）」と書いてあったからである。

そんなある日のこと、私はこのことに関して高橋征穂（露草協会会長、古書店「イーハトーブ本の森」代表）先輩と話し合った。

鈴木　ところで、筑摩書房は一度倒産したということですが。

高橋　そうだったな。あれはいつ頃だったかな。

鈴木　実はこの度このような本、筑摩の社史『筑摩書房 それからの四十年』を手に入れました。これによるとここに、

　一九七八（昭和五三）年に筑摩書房が「倒産」

と書いてあります。

高橋　昭和53年のことだったか。そうそう、その頃の筑摩はどうかしていた。臼井吉見が、川端康成の自殺を題材にした小説『事故のてんまつ』を筑摩から出版したのだが、それが問題作で、筑摩と川端家との間ですったもんだがあったりしたからな。

鈴木　その出版は昭和52年ということでした。しかも同社史には、「倒産直前の筑摩書房は腐りきっていました」と、はっきりと書いてありましたので、まさに「腐りきって」いた昭和52年の出版だったのだと知り、私は愕然としました。

高橋　おぉ、「筑摩書房は腐りきっていました」と書いてあったか。自社の社史によくぞそこまで書けたな。ある意味、感嘆する。となれば、筑摩は昭和53年に倒産したのだし、昭和52年は倒産直前となる。しかもあの『事故のてんまつ』は臼井吉見らしからぬちょっとお粗末な作品だったから、『事故のてんまつ』の出版は「腐りきって」いたことの一つの現れだったとなりそうだ。

なお、この件については川端家側からクレームがついて、筑摩は同書を絶版回収にし、謝罪するということで川端家側と和解したはずだったが。

鈴木　はい、私はそんな「絶版回収事件」があったということは今まで全然知らなかったのですが、そうなったようです。

ところで、『事故のてんまつ』が出版された52年に、同じく筑摩から出版された賢治関連の本がありますが、さてそれは何でしょうか。

高橋　その頃といえば、旧校本全集が出版されていた頃だから、その第何巻かだろう。

鈴木　はいそのラスト、第十四巻です。

どうも「新発見」とは言い難く、そうではなくて、高瀬露が亡くなるのを待って公表したとつい思いたくなってしまうんですが、「新発見の書簡252c」とセンセーショナルに表現して、関連する賢治の書簡下書群を公にした第十四巻です。

のみならず、一般人である女性「高瀬露」の実名を顕わに用いて、「252cは内容的に高瀬あてであることが判然としている」と、その客観的な典拠も明示せずに、一方的に決めつけた第十四巻です。

そのあげく、「推定は困難であるが、この頃の高瀬との書簡の往復をたどると、次のようにでもなろうか」と前置きして、「困難」なはずのものにも拘わらず、想像力豊かに推定し、スキャンダラスな表現も用いながら、人権侵害等の虞がある推定を延々と繰り返した推定群⑴〜⑺を公開した同巻です。

　つまり、第十四巻はとんでもない横車を押していたのです。

高橋　おっ、かなり怒り心頭だな。

鈴木　だって、この「新発見の書簡　252c」等の公開と、「絶版回収事件」はともに倒産直前の昭和52年に起こっていることを始めとして、ほぼ同じ構図にあります。だから、『事故のてんまつ』の出版と同様に、「新発見の書簡　252c」等の公開も「腐りきって」いたことの一つの現れだと私は言いたいのです。

高橋　はたしてそこまで言えるかな。

鈴木　はい。その他にも次のようなことが言えるからです。

・両者とも、当事者である川端康成（昭和47年没）、高瀬露（昭和45年没）が亡くなってから、程なくしてなされました。

・その基になったのは、ともに事実ではないです。前者の場合は「伝聞の伝聞そのまた伝聞」で、後者の場合は賢治の書簡下書を元にして、推定困難なと言いながらも、それを繰り返した推定群⑴〜⑺だからです。

・ともに、故人のプライバシーの侵害・名誉毀損と差別問題があります。

・ともに、スキャンダラスな書き方もなされています。

よって、この二つはほぼ同じ構図にあります。

高橋　分かった分かった。ということであれば、たしかにそう言えるだろう。しかし、『事故のてんまつ』の出版は「腐りきって」いたことの一つの現れだとしても、『校本全集第十四巻』の出版までもがそうだったとは言い切れんだろう。

鈴木　そこなんです。実は、「新発見の書簡　252c」等の公開と似たような問題点が第十四巻には他にもあります。

　例えば、『新校本年譜』の大正15年12月2日について、

> 一二月二日(木)　セロを持ち上京するため花巻駅へゆく。みぞれの降る寒い日で、教え子の高橋武治がひとり見送る。……高橋は離れ難く冷たい腰かけによりそっていた。*65
>
> ＊65　関『随聞』二一五頁の記述をもとに校本全集年譜で要約したものと見られる。ただし、「昭和二年十一月ころ」とされている年次を、大正一五年のことと改めることになっている。
>
> 〈『新校本年譜』325p〜〉

という記載があります。

高橋　なになに、「……要約したものと見られる。ただし、「昭和二年十一月ころ」とされている年次を、大正一五年のことと改めることになっている」という、なんとまあ奇妙な理屈でもってして、他人の記述内容を一方的に書き変えていることよ。ここでもまた、無茶な横車を筑摩は押していたのか。

　しかし、これは『新校本年譜』においてであって、『校本全集第十四巻』においてではないんだろう。

四　『校本全集第十四巻』も『事故のてんまつ』と同じ

四　『校本全集第十四巻』も『事故のてんまつ』と同じ

鈴木　そうなんですが、その第十四巻の大正15年12月2日の記載もこのとおりで、

　セロを持ち上京するため花巻駅へゆく。みぞれの降る寒い日で、教え子の沢里武治がひとり見送る。……沢里は離れ難く冷たい腰かけによりそっていた。
〈『校本宮澤賢治全集第十四巻』（筑摩書房）600p〉

となっており、実質的に全く同じ内容です。
　しかも、よくよく調べてみましたならば、この内容の記載が「賢治年譜」に初めて現れたのは第十四巻でです。

高橋　ということは、昭和52年発行の第十四巻は、「大正一五年のことと改めることになっている」という横車を押して、「昭和二年十一月ころ」という証言を一方的に書き変えたということか。これじゃ、これも「倒産直前の筑摩書房は腐りきって」いたことの一つの現れだと言われても致し方がなかろう。
　この調子では後から後から似たようなことが出て来そうな虞があるから、「腐りきって」の「きって」の意味するところはそういうことかもしれんな。

鈴木　なるほど、そういうことなのですね。

高橋　とまれ、第十四巻では、先の「新発見の書簡 252c 」等の安易な公開のみならず、他人の証言内容を勝手に書き変えていたということもあったのだから、こうなってしまうと、第十四巻の出版も「腐りきって」いたことの一つの現れだと言われても致し方がなかろう。言ってみれば、

　『事故のてんまつ』の出版も、ともに「倒産直前の筑摩書房は腐りきって」いたということをはしなくも証明している。

ということ。要は、

　『校本全集第十四巻』も『事故のてんまつ』と根っこは同じ。

だということだ。

鈴木　たしかにそうなりますよね。となれば、『事故のてんまつ』については絶版回収をして、「総括見解」も公にして詫びたわけですから、それと同様に、第十四巻についての「総括見解」も是非公にしてもらいたい、と私は筑摩にお願いしたいのですが。

高橋　たしかに、そうでなければ不公平だ。
　しかしこの社史を見ると、『事故のてんまつ』の担当編集者原田奈翁雄は、

　今回の経験を通じて、私どもは言論・表現・出版の自由を守ることの意味の深さをあらためて痛感すると同時に、その自由を守るためには、強い自恃と厳しい自戒の一層深く求められることを学び得たと考えております。

とか、

　原稿を目の前にしてそのような編集者の作業こそ、実は作家にとってもなくてはならぬ協力なのである。私の原稿の読み方は、その点において大いに欠けるものであり、いたらぬものであったというほかない。

〈『筑摩書房 それからの四十年』（永江朗著、筑摩選書）112p～〉

と述べており、己と自社を厳しく総括し、公的にも詫びているではないか。

　となれば、第十四巻の担当編集者等もその後同様に厳しく総括していたのではないのか。

鈴木　残念ながらそういうことはなさそうです。というのは、大正15年12月2日の「賢治年譜」の記載が、先に引用しましたように、昭和52年出版の第十四巻でも、平成13年出版の『新校本年譜』でも実質的には全く同じ内容ですから、総括などはしておらず、横車を押したことについては素知らぬふりをしているということになるのではないでしょうか。

　それは、「「昭和二年十一月ころ」とされている年次を、大正一五年のことと改めることになっている」と書いておきながら、本来は書かれるべきはずの「少なくとも三か月は滞在する」という証言部分を両者とも書いていないことからも明らかだと思います。

高橋　そっかそっか。ということは、『新校本年譜』が、「……改めることになっている」というまるで他人事かの如き表現を用いていたのは、『新校本年譜』の担当者が、『旧校本全集第十四巻』の年譜担当者の記載に対して遠慮があって、おかしいとは言えなかったということの裏返しか。

鈴木　なるほど、その可能性大ですね。

高橋　もしかすると確信犯かもしれんぞ。

鈴木　あっ、そう言われて気付いたのですが、このことに関連している、『校本全集第十三巻』の次のような「注釈＊5」があります。

＊5　……さらに沢里武治が大正十五年十二月の上京時に一人で賢治を見送った記憶をもつのに対し、柳原昌悦もチェロを携えた賢治の上京を送った記憶を別にもっている。これらのことから、チェロを習いに上京したことが、昭和二年にもう一度あったとも考えられるが、断定できない。

〈『校本宮澤賢治全集 第十三巻』（筑摩書房）569p〉

　これは、宮澤政次郎宛書簡221の中の注釈なのですが、「柳原昌悦もチェロを携えた賢治の上京を送った記憶を別にもっている」というのです。この注釈に従えば、柳原は上京する賢治を送ったことがあるということになります。ということであれば、第十三巻が「昭和二年にもう一度あったとも考えられるが」と問題提起をして、なおかつ「断定できない」と断り書きをしているわけですから、関係者はそのことを次回への大きな課題だと認識していなかった訳がないはずです。

　しかし、その課題に筑摩書房が真剣に取り組んだことを裏付けてくれる客観的な資料等は見つかりません。ちなみに、

『旧校本全集第十三巻』（書簡篇）の発行は昭和49年
『新校本全集第十五巻書簡校異篇』の発行は平成7年
柳原昌悦（平成元年2月12日没）

四　『校本全集第十四巻』も『事故のてんまつ』と同じ

沢里武治（平成2年8月14日没）

ですから、『旧校本全集』発行～『新校本全集』発行の間には時間的にかなり余裕がありました。

一方で、「羅須地人協会時代」の賢治の上京について、柳原昌悦が、

「一般には沢里一人ということになっているが、あの時は俺も沢里と一緒に賢治を見送ったのです。何にも書かれていないことだけれども」

〈『本統の賢治と本当の露』147p〉

ということを、柳原と職場の同僚であった菊池忠二さんに教えてくれたそうです。

よって、筑摩が本気で調べようとすればかなりの程度のことを沢里や柳原本人からも直接訊くことだってできたはずです。ところが現実は、この『新校本全集　第十五巻書簡校異篇』の「注釈＊5」は、『校本全集第十三巻』の注釈と番号まで含めてまったく同じものであり、一言一句変わっていません。よって、これは、為すべきことが為されていないことの証左です。となれば、やはり確信犯ということか……。

五　強く異議申し立てをすべし

高橋　結局、昭和52年の『事故のてんまつ』の出版も、『校本全集第十四巻』の出版もともに「腐りきっていた」典型的な事例であったと言えるということだ。

しかし、前者ではそれを厳しく総括したのだが、後者では全くそうではなかったということになる。となれば、遅ればせながら、まずは筑摩は第十四巻の総括をし、次にその「総括見解」を公にすることが筋であろう。

ではその際に、主にどんなことに関して総括せねばならぬのか、具体的に挙げてみてくれんか。

鈴木　そうですね、現時点では、少なくとも次のような三つの事柄についてだと思います。

まず一つ目が、先ほど高橋さんが「安易な」と形容された、それこそ、「新発見の書簡　252c」等の安易な公開についてです。

高橋　たしかにこの公開については、人権に関わることでもあるというのに、筑摩は安易で慎重さに欠けていた。その根拠も明らかにしておらず、推定にすぎないものだらけ。にもかかわらず、筑摩が断定的に書いたものだから、研究者も含めて一般読者もその推定を事実と思い込んだ。その結果、それまでは一部の人にのみ知られていた〈悪女伝説〉が、一気に〈高瀬露悪女伝説〉に変身して全国に流布してしまったと言えるからな。

鈴木　同時に悔やまれるのが、これらの一連の書簡下書群の安易な公開によって結果的に、賢治には従来のイメージとは正反対の、「背筋がひんやりしてくるような冷酷さ」があったということを世に知らしめてしまい、賢治のプライバシー権を侵害したことです。

高橋　これでは、筑摩は露のみならず、あまつさえ賢治まで

も貶めていると言われかねない。
鈴木　では二つ目ですが、それは、『新校本年譜』の大正15年12月2日の記載に関してで、例の「注釈＊65」の仕方についてです。
高橋　そりゃたしかにそうだわな。さっき、昭和52年発行の第十四巻は、「大正一五年のことと改めることになっている」という横車を押して、「昭和二年十一月ころ」という証言を一方的に書き変えたということか。

と言ったように、その根拠も明示せずに他人の記述内容を一方的に書き変えているというのだから。出版社がこんなことをするということは、それこそ自殺行為だ。
鈴木　そして、最後の三つ目が次のことについてです。
第十四巻は昭和2年の記載の中で、
七月一九日(火)　盛岡測候所福井規矩三へ礼状を出す(書簡231)。福井規矩三の「測候所と宮沢君」によると、「昭和二年は非常な寒い気候が続いて、ひどい凶作であった……」

という記載をしています。そしてたしかに、福井は「測候所と宮澤君」において、「昭和二年はまた非常な寒い氣候が續いて、ひどい凶作であつた」(『宮澤賢治研究』(草野心平編、十字屋書店、317p)と述べています。
そこで、多くの賢治研究家等がこのことは歴史的事実だと信じ込み、それに基づいた論考を著しています。しかし、この福井の証言内容は事実ではありません(このことについては、『本統の賢治と本当の露』の65p～の〝㈣ 誤認「昭和二年は非常な寒い氣候…ひどい凶作」〟を御覧いただきたい)。
高橋　つまり、鈴木君がしばしば口にする、あの石井洋二郎の戒め、「必ず一次情報に立ち返って」という研究における大原則を、彼等は蔑ろにしていると言いたいのだな。
鈴木　はい。石井氏が、

あやふやな情報がいったん真実の衣を着せられて世間に流布してしまうと、もはや誰も直接資料にあたって真偽のほどを確かめようとはしなくなります。…(筆者略)…しかし、こうした悪弊は断ち切らなければなりません。あらゆることを疑い、あらゆる情報の真偽を自分の目で確認してみること、必ず一次情報に立ち返って自分の頭と足で検証してみること、この健全な批判精神こそが、文系・理系を問わず、「教養学部」という同じ一つの名前の学部を卒業する皆さんに共通して求められる「教養」というものの本質なのだと、私は思います。
〈「平成26年度教養学部学位記伝達式式辞」(東大教養学部長石井洋二郎、「東大大学院総合文化研究科・教養学部」HP総合情報)〉

と憂えていたことがまさにここでも起こっていた、ということが否定できません。
ということで、以上の三つの事柄について、筑摩は少なくとも「総括見解」を公にしてほしいです。
高橋　それでは、私、露草協会の会長としては四つ目として付け加えてほしいものがある。それは第十四巻の「賢治年譜」中の昭和2年についての、安易な論理に頼った次の記載についての「総括見解」もだ。

秋〔推定〕森佐一（荘已池）「追憶記」によると、「一九二八年の秋の日」、村の住居を訪ね、途中、林の中で、昂奮に真赤に上気し、ぎらぎらと光る目をした女性に会った。…筆者略…（「一九二八年の秋の日」とあるが、その時は病臥中なので本年に置く。）

《『校本全集第十四巻』622p》

つまり、森は昭和3年のことだとしているのに、「その時は病臥中なので」という安直な理屈で、第十四巻は昭和2年のことだと決めつけているからだ。
鈴木　たしかにこれもおかしいですよね。その年、昭和3年の秋に賢治は豊沢町の実家で病臥していたわけですから「村の住居」にはもはや居らず、森のこのような訪問は不可能であり、「一九二八年の秋」という記述は致命的ミスであることは明らかですが、さりとて、大正15年のことだったということもあり得ますからね。
高橋　そしてそもそも、大前提となるそのような「下根子桜《しもねこざくら》訪問」自体がたしかにあったという保証も、第十四巻は何ら示せていない。よって、それを「一九二七年の秋の日」と書き変えるのはあまりにも安易だ。
　そしてその一方で、「倒産直前の筑摩書房は腐りきっていました」ということについてだが、それはなにも、突然倒産直前に腐り始め、そしてあっという間に腐りきったということではなかろう。そうではなくて、それ以前からそのような土壌が少しずつ造られていったとも考えられるわけで、そのこともあって、「追憶記」のことを引き合いに出したのだ。
鈴木　仰るとおりですよね。私も、この「追憶記」については以前少しく調べたことがあります。ちなみに、それが所収されているのは、昭和9年発行『宮澤賢治追悼』にであり、

一九二八年の秋の日、私は村の住居を訪ねた事があつた。途中、林の中で、昂奮に眞赤に上氣し、ぎら／＼と光る目をした女性に會つた。家へつくと宮澤さんはしきりに窓をあけ放してゐるところだつた。

――今途中で會つたでせう、女臭くていかんですよ……

〈『宮澤賢治追悼』（草野心平編輯、次郎社、昭和9年1月）33p〉


と記載されていました。つまり、昭和9年頃でさえも「一九二八年の秋の日」と記されております。

　ということは、下根子桜《しもねこざくら》を訪ねたのが昭和3年の秋にせよ、「現通説」である同2年の秋にせよ、それから約5年半〜6年半後に出版された『宮澤賢治追悼』に所収されてこの「追憶記」は活字になっているわけですから、それはそれ程昔の出来事ではないです。したがって、その年を本来ならば昭和2年と

書くべきところを昭和3年と不用意に書き間違えたとは普通は考えにくいです。

まして昭和9年と言えば、森は岩手日報社の文芸記者として頻繁に賢治に関する記事を学芸欄に載せるなどして大活躍していた時期です。そのような記者が、賢治を下根子桜《しもねこさくら》に訪ねた年次を、その訪問時から6年前後の時を経ただけなのに間違えてしまったというケアレスなミスを犯してしまったというのでしょうか。

しかも、この訪問時期について森は、『宮澤賢治研究』（昭和14年）でも、そして『宮沢賢治の肖像』（昭和49年）でも「一九二八年の秋」としていて、いずれにおいても、「一九二七年の秋」とはしていないのです。あまりにも不自然です。

高橋　ついてはそのようなことも懸念されるので、まずは、「その時は病臥中なので」という理屈がはたして妥当だったのかということについての総括を、第十四巻の担当編集者等はせねばならないということだ。なにしろ、この書き変えが〈露悪女伝説〉という濡れ衣に直結しているとも言えるのだから。そしてまた、一方の『事故のてんまつ』の編集担当者原田奈翁雄の場合は厳しく総括を行ったのだから。

鈴木　これで私もいよいよ決心がつきました。これらのことを一冊にまとめた本を出版し、筑摩書房に対して、

『事故のてんまつ』の場合と同様に、『校本宮澤賢治全集第十四巻』についても「総括見解」を公にしていただけないでしょうか。

と、お願いすることが私の最後の責務であると自覚し、今後取り組んでみます。

高橋　しかしこの段階に至った以上は、もはやお願いレベルではもうだめだ。おかしいことはおかしいと、鈴木君は正々堂々と筑摩に強く異議申し立てをすべき時期がやってきたということだ。

ついては、その本の中で、

筑摩書房は、『校本宮澤賢治全集第十四巻』の出版についての「総括見解」をまずは公にせよ。

と声を大にして強く異議申し立てをしてくれ。それはとりもなおさず、賢治研究の発展のためにもなるのだから。

鈴木　「賢治研究の発展のためにも」ですか。そうですね、恩師岩田教授からのミッションはそのことまで含んでいるかもしれませんね。

とはいえ、決心はしてみたものの、具体的にはさてどうすればいいのかと悩んでしまいます。

高橋　なあに、難しく考える必要はないさ。ここまで話し合ってきたような事柄等を取り纏めて一冊の本にして出せばいいだけのことだ。多分そのような事柄に気付いている人も少なからずいるのだろうが、それぞれ諸般の事情があって、そのようなことは公的には言えんのだろう。しかし鈴木君は門外漢なのだから誰にも遠慮はいらん。ここまで話し合ってきたような事柄を包み隠さず正直に書いて、異議申し立てをし、世に問えばいいのだ。それだけでも十分に意義はある。

鈴木　えっ、しゃれですか。

終章

今から三年前に出版した『本統の賢治と本当の露』の「おわり」を見返してみる。私は次のようなこと、

恩師の岩田純蔵教授(賢治の甥)の嘆きに応えようとして、今まで約10年をかけて「羅須地人協会時代」を中心にして検証作業等を続けてきたのだがその結果は、常識的に考えておかしいと思ったところはほぼ皆おかしかった。つまり、現「賢治年譜」は歴史的事実等には忠実ではなくて、正反対なものや果ては嘘のものもあるということを明らかにできて、幾つかの隠されてきた真実や新たな真実を、延いては本統の賢治を明らかにできた。

そこで譬えてみれば、「賢治年譜」は賢治像の基底、いわば地盤だが、そこにはかなりの液状化現象が起こっているのでその像は今真っ直ぐに建っていないと言える。当然、それを眺める私たちの足元は不安定だから、それを的確に捉えることは難しい。まして、皆で同じ地面に立ってそれを眺めることはなおさら困難だから、各自の目に映るそれは同一のものとは言い難い。したがって、「賢治研究」をさらに発展させるためには、皆が同じ地面に立ててしかも安定して賢治像を眺められるようにせねばならないのだから、まずは今起こっている液状化現象を解消せねばならない。

…略…私の一連の主張が世間から受け容れてもらえることは今しばらくは難しいであろうことを充分承知している。それは、このような主張は私如きが申すまでもなく、少なからぬ人たちが既に気付いているはずであるのにも拘わらず、このような液状化現象が長年放置され続けてきたことがいみじくも示唆していると私は考えているからでもある。おそらく、そこには構造的な理由や原因があったし、あるのであろう。

〈『本統の賢治と本当の露』(鈴木守著、ツーワンライフ出版)〉

をそこで述べていた。

そして今回論じた、昭和52年発行の『校本宮澤賢治全集第十四巻』における、とても筑摩らしからぬ事柄、

・なぜ、「賢治の書簡下書 252c」を「新発見の」と形容して公開し、しかも関連する書簡下書群及び人権侵害の虞もあるあの推定群(1)~(7)を公開したのか。

・なぜ、「「昭和二年十一月ころ」とされている年次を、大正一五年のことと改めることになっている」という非論理的な「理由」で、他人の証言内容を一方的に書き変えてしまったのか。

・「一次情報に立ち返れ」、という研究における大原則を蔑ろにしたが故の、「昭和二年は非常な寒い氣候…ひどい凶作」という誤認。

などは、この「液状化現象」の具体的な事例である。

では、どうしてこのような事柄が第十四巻で引き起こされたのか。三年前の私にはそれがとても不思議だったし、その

理由や原因も全く分からなかった。

それがこの度、その大きな原因が私なりにはっきりした。

それは、「**倒産**（昭和53年）**直前の筑摩書房は腐りきっていました**」ということがなさしめたのだと領会できたからだ。それも「腐っていた」ではなく、「腐りきっていました」という表現だったからなおさらにだ。言い方を換えれば、前掲したような、筑摩らしからぬ事柄が倒産直前に起こったことと、『事故のてんまつ』の「絶版回収事件」とは根っこが同じだったのだ、と知ったのだった。

ところが残念なことは、筑摩は『事故のてんまつ』の出版に関しては昭和52年のうちに絶版回収とし、厳しく「総括」し、それを公にして詫びたのだが、『校本全集第十四巻』の出版に関してはそれらを為さなかったことだ。しかも、これらの筑摩らしからぬ事柄については、その後平成になってから出版された『新校本年譜』でもほぼそっくりそのまま引き継がれているので、「液状化現象」は解消されずに残ったことだ。

その結果起こったことの最たるものが、高瀬露はとんでもない悪女であるという濡れ衣が着せられて、それが等閑視されてきたという人権侵害である。その一方で、これと関連する書簡下書群の安易な公開によって、賢治には、「背筋がひんやりしてくるような冷酷さ」があったということを世に知らしめてしまい、賢治のプライバシー権を侵害してしまったことである。

そもそも、現「賢治年譜」には、常識的に考えておかしいことが少なからず記載されているということに研究者等が気付かぬはずがない。しかし、それらが訂正されそうな気配は相変わらずない。ということは、それぞれ諸般の事情があるからなのであろう。が、門外漢で非専門家の私は何も失うものはない。そこへもってきて、先に述べたように高橋征穂先輩からの助言もあり、私はもう筑摩に遠慮などせずに、はっきりと意義を申し立てる、

いつまでもこれらのことを筑摩書房が等閑視していることは許されない。賢治研究の発展のために、そして賢治の名誉や露の人権等を取り戻すために、まずは、『校本全集第十四巻』についての「総括見解」を、『事故のてんまつ』の場合と同様に公開せよ。

そしてまた、『新校本年譜』についても再検証せねばならないはずだ。

それとも、このままでいいのだと仰るのですか。

という異議をである。

それは、社史『筑摩書房　それからの四十年』の「あとがき」の中に、

もしも、あのとき倒産していなかったら、筑摩書房はどんどん腐り続けていったことでしょう。しかし、幸いにして倒産した。倒産したから一から出直すことができた。もちろん、そのために払った犠牲はとても大きなものです。多くの人に迷惑をかけました。だけど、倒産しなかったなら、もっと大きな犠牲を払わなければならな

かったのではないか。

というような省察があり、確かにそのとおりだと肯えるからでもある。つまり、もし、第十四巻に関してこの「省察」のとおりにしていなかったならば、その結果はどうなっているかということをこの「省察」自体が教えてくれるからである。

そこで、はばかりながら正直に申し上げる、

たしかに『事故のてんまつ』に関しては、この「省察」のとおり「一から出直すことができた」と言えると思うが、『校本全集第十四巻』に関しては一から出直したとは言えないのではないですか。

と。さらに危惧されることは、

このまま等閑視を続けていれば、あまりにも安易な論理に基づいた、あるいは論理以前で、根拠さえも示さずに決めつけている個所が散見される現「賢治年譜」が、今後も人々に使われ続けることになる。すると、とりわけ、純真な子どもたちに今後も嘘の賢治を教え続けることになりかねず、それは避けねばならない。

ということである。そして懸念されることが、

これらの筑摩らしからぬ事柄が引き起こされた最大の原因は、当時の「筑摩書房は腐りきって」いたからだということがもはや疑いようがないと認識してしまった私には、『校本宮澤賢治全集第十四巻』の記載内容はどこまでが本当のことなのだろうかと、延いては『新校本年譜』についても同様に疑心暗鬼に陥ってしまったことだ。また、そのような疑心暗鬼をこの拙著を読んだ方も抱くであろう。

ということだ。

ついては、筑摩書房にはこのような疑心暗鬼の払拭にも取り組んでいただきたい。あるいは逆に、私の主張（検証できた仮説等）には間違いがないものと確信はしているが、もし間違っていると仰るのであれば、その反例等を突きつけていただきたい。その場合には私は潔く当該の仮説等を棄却いたしますので。例えば、なぜ「新発見の252c」とし、はたまた、「判然としている」と断定できたのかというその典拠を突きつけていただきたい。

さてこれで、恩師からのミッションはほぼ全て果たし終えることができたかなと安堵する。そしてまた、門外漢で、非専門家の老いぼれからの「遺言」でもある本書を書き終えることができたことに、私は今胸をなで下ろしている。

††††††††††††

最後になりましたが、今までご指導ご助言、そしてご協力賜りました皆様方に深く感謝し、厚く御礼申し上げます。

なお本書において、敬称の付け方が章によって統一されていないことをお詫び申し上げます。

令和3年11月9日　鈴木　守

『露草協会』

会の目的：高瀬露の濡れ衣を晴らすこと。
活動内容：高瀬露が着せられた濡れ衣の実態を知る。
　または、その理不尽な実態を周りに訴える。
会　　費：なし
会　　長：高橋　征穂（「イーハトーブ本の森」代表）
入会申込：入会を希望される方は、ご氏名等を左記
　へお知らせ 下さい。

〒025－0068　岩手県花巻市下幅21－11
電話 0198－24－9813
露草協会事務局　鈴木　守

『露草協会』推奨図書案内

『本統の賢治と本当の露』（鈴木守著、ツーワンライフ出版）
定価（本体価格 1,500 円＋税）

『宮沢賢治と高瀬露―露は〈聖女〉だった―』
（森義真、上田哲、鈴木守 共著、露草協会編、
ツーワンライフ出版）定価（本体価格1,000円＋税）

発刊に寄せて 高瀬露と伊藤チヱのこと
宮沢賢治学会イーハトーブセンター元代表理事 萩原 昌好

目次

鈴木　守
1946年、岩手県生まれ。
主な著書
『ビジュアル線形代数』（現代数学社、昭和63年）
『見えてくる高校数学』（森北出版、平成8年）
『賢治と一緒に暮らした男―千葉恭を尋ねて―』（自費出版、平成23年）
『羅須地人協会の真実―賢治昭和二年の上京―』（自費出版、平成25年）
『羅須地人協会の終焉―その真実―』（自費出版、平成25年）
『宮澤賢治と高瀬露』（上田 哲、鈴木 守共著、自費出版、平成27年）
『「涙ヲ流サナカッタ」賢治の悔い』（自費出版、平成28年）
『「羅須地人協会時代」再検証―「賢治研究」の更なる発展のために―』
（自費出版、平成29年）
『賢治の真実と露の濡れ衣』（自費出版、平成29年）
『本統の賢治と本当の露』（ツーワンライフ出版、平成30年）
『宮沢賢治と高瀬露―露は〈聖女〉だった―』（森 義真、上田 哲、鈴木 守共著、露草協会編、ツーワンライフ出版、令和2年）

著　者　鈴木　守
定　価　500円＋税
2021年12月16日発行

筑摩書房様へ公開質問状

「賢治年譜」等に異議あり

ISBN 978-4-909825-30-8
定価　500円＋税

発行日　2021年12月16日
著　者　鈴木　守
発行所　有限会社ツーワンライフ・露草協会
印刷所　有限会社ツーワンライフ
〒028-3621
岩手県紫波郡矢巾町広宮沢10-513-139
TEL.019-681-8121　FAX.019-681-8120

万一、乱丁・落丁本がございましたら、
送料小社負担でお取り替えいたします。